金時鐘は「在日」をどう語ったか

玄善允 著

同時代社

目次

はじめに——本書について

1　構成

本書は、この「はじめに」そして「おわりに」も含めると、全五篇の拙文と一篇の推薦文で構成されている。しかし、元来は、第1章は別として、第2章と第3章とは連続したものだった。つまり、金時鐘氏（以下、敬称略）に関しての時代背景が異なる二篇の拙論を中心にして、「はじめに」と「おわり」を書きおろし、さらには、日本近現代思想史の研究者である宇野田尚哉氏（大阪大学教授）の推薦文も合わせて本書は編まれるに至った。

全体を通して議論の主たる対象である金時鐘については、改めて紹介するまでもないだろう。数多くの作品の再録、再刊、そして新刊の詩集や訳詩集の出版が続く。しかも、今なお現役の真っ只中であることを証明するかのように、新聞その他のメディアでもまるで年中行事のように、時事問題や自身の生活史や作品に関する当人のコメントや回想などが、時には写真入りで目に飛び込んでくる。

当然のように、彼のそうした著述や言動について多様な人びとが多様な形で称賛を競っている。近年には博士学位その他の学術論文のテーマとして彼を選ぶ大学院生も増えており、今や歴史的人物の仲間入りをした感がある。

そうした中にあって、筆者が金時鐘に関する新たな書物の刊行を企てたのは、類書とは際立った異色の議論によって、彼と在日について、さらには、それらと密接に関係する日本人とその社会について再考する契機になることを期待してのことである。そこで先ずは、本書の異色ぶりについて説明しておきたい。

2　本書の特徴と議論の展開

本書には、一読すればすぐに気づく特徴が少なくとも二つある。

先ずは詩人としての金時鐘ではなく、彼が同時代の現実に関わりながら紡ぎだした実践的語り、それを〈金時鐘の自分・在日語り〉として一括し、もっぱらそれに焦点を絞った議論を展開していることである。

次いでは、称賛一色で包まれた感のある金時鐘とその著作や証言に関して、批判的視角からの議論を貫いていることである。

そこで以下では、右記の、特に後者について少し立ち入った説明をしながら、本書の展開についても概略を示しておくことにする。

先ずは何故に敢えて批判的視角からの議論を貫いたのかと言えば、金時鐘をとりまく称賛で満たされた言説群に対して、バランスをとりたいという気持ちがあった。何であれ称賛一色というのはむしろ不健康と思う天邪鬼にふさわしく、火中の栗を拾う覚悟で、金時鐘のテクストはもちろんのこと、金時鐘に対する称賛の合唱とも対話を試みたかった。そうしてこそ金時鐘自身や彼の語りと現実との関係、さらにはそれらと読者との関係に潜む微妙な問題点や関係性を浮かび上がらせることができそうな予感もあった。

そこで本書では先ず、金時鐘の〈自分・在日語り〉と、それらの原材料とされたローカルな具体的現実との齟齬・対立などをたどり、その最大の要因と思われる独特な話法の析出に努めた。

その結果として、現実とは必ずしも符合しないどころか、むしろ歪曲の域に達している場合が少なくない金時鐘の〈自分・在日語り〉が、金時鐘自身の発言はもちろん、メディアなども通して、まるで事実のようにして広く流布するようになった経緯もたどることができた。

さらには、そうした金時鐘の言動が、全く批判にさらされることなく、まるで聖域化されたエアポケットの中で守られ、金時鐘という存在までもが神格化されていくような現象、その様態とメカニズムにも触手を伸ばしてみた。

そして浮かび上がってきたのが、金時鐘に代表される在日知識人とそれに対して好意的な日本の知識人たちとの、両者にとっては幸福そうな友好もしくは協働の関係がもたらした危うい側面なのである。

その種の側面については筆者の手に余るという情けない事情もあって、正面切った議論に至っていないが、本書全体にそうした問題意識が通奏低音として流れているはずである。

以上が、本書の特徴とそれに関連させての本書の議論の展開の大筋である。それに対して、以下では本書の成立に至るまでの、筆者と金時鐘のテクストとの関係の推移をたどってみる。読者に本書を少しでも分かりやすく読んでいただくための、導きの糸になることを期待してのことである。

3 金時鐘のテクストと筆者との関係の推移

(1) 出会い

筆者が金時鐘の文章に初めて触れたのは一九七〇年代の中葉で、筆者がまだ二〇代中盤の頃のことだったから、それから既に五〇年近くの歳月が流れたことになる。但し、その間、継続的に彼の文章を読み続けてきたわけでもないし、首を長くして次の本を待ち望む熱心な読者だったわけでも

ない。まるで何かの因縁のように、忘れた頃にまたしても、と言った方がふさわしい付き合いだった

　ともかく、そのテクストは彼の処女エッセイ集『さらされるものとさらすもの』だったが、実はそれには伏線があった。その数年前の一九六九年に、湊川高校で開かれた一斉糾弾集会に誘われて参加した折に、教育体制や教員に対する生徒たちの激しい糾弾、そしてそれを全身で受けとめようとしながらも絶句して立ち尽くす教員たちの姿に大きなショックを受けた。さらにその数年後の一九七二年頃には、湊川高校と並んで一斉糾弾のシンボル的な位置にあった尼崎工業高校に、在日の高校生への奨学金の伝達がてら、課外授業のようにハングルの初歩や在日の渡航史などを教えるために派遣されたことが何度かあり、その度に生徒たちや闘争の前線で奮闘していた日本人教員たちの献身的な姿を垣間見て、そこは筆者の生きる場所ではないという疎外感のようなものを抱き、そうした感じ方も含めてその人たちに申し訳ないような気持ちになった。正直に言えば、筆者はそこから逃げ出したくなったのである。その恥ずかしく疎ましい経験が筆者をして、金時鐘のテクストに向かわせた。

　そしていざその本を読んでみて、共感と違和感が絡みあうような印象を抱き、大いにとまどった。しかし、そのせいでかえって金時鐘は筆者にとって気にかかる存在になったらしい。普段は詩などほとんど読まないのに、しかも当時の筆者にとっては相当に高価だったのに、彼の詩集『新潟』も買って読んでみる気持ちになったのである。

ところが、何度トライしてみても、詩行が心身になじまないので最後まで読み通せず、がっかりした。但し、その「がっかり」は詩人やその詩に対してというよりもむしろ、自分自身の読解力や芸術的感受性に対しての、今さらながらの失望だった。そしてそうした自己認識はそれ以降、つい最近までほとんど変わらなかった。したがって、金時鐘に対する筆者の関心は詩人としての活動・作品ではなく、もっぱら散文に限定されてきた。当然のごとく、本書も詩作品についてはほとんど紙幅を割いていない。

但し、本書の第2章と第3章を完成するために格闘しているうちに、長年にわたるそうした窮屈な自己認識も、少しは解けてきた感触があり、その勢いを借りて第3章の末尾には、金時鐘の散文に対する分析方法を、詩作品に対して援用するにあたっての補助線めいたものを粗描してみた。但し、「乞う、ご期待」と自分自身に対する叱咤激励の域を出ないことを承知のうえで、それを公にして退路を断つという意味あいに過ぎず、金時鐘の詩について真っ向から議論しているわけではない。

(2) 違和感の増大とその根の輪郭

『さらされるもの……』から約一〇年後に、『「在日」のはざまで』が刊行された時には直ちに購入した。今も手元にあるのは第一版第一刷である。

そこには上述の本の内容に加えて、その後の約一〇年間に新聞や雑誌その他で発表され、筆者もそのいくつかは読んでいたエッセイその他が大量に収められ、質量一体のボリューム感に圧倒され、「日本人の読者には大いに受けるだろうなあ」と脱帽した。しかし、或いは、だからこそかもしれないのだが、筆者自身としては共感よりも違和感の方が膨らんだ

そしてそうした感じ方の由来、或いは根のようなものがどこにあるのかが気になった。そこで、その違和感を思いつくままに箇条書きにして、当時、在日の友人たちと断続的に開いていた私的な研究会（というより、おしゃべりと飲み会）で、話したことがある。本の随所で特に目に付いた〈自己劇化〉とでも言うべきか、歌舞伎の大見得を切るような大げさで様式化された言葉と文章、それに対する強い違和感について話したように記憶している。

そして、それが契機となって、筆者の金時鐘の散文に対する違和感には、筆者と金時鐘の文学観や人生観、そして当然のこととして在日観の差異もしくは対立のようなものが絡んでいそうなことに思い至った。そこで、そうした両者の差異や対立を少しでも自分に納得できるように文章化できれば、ずっとあいまいなままに放置していた筆者自身の文学観や人間観や在日観も、少しは明瞭になりそうな予感もあり、それを試してみたいと思うようになった。

（3）回り道による〈気づき〉

ところが、その一歩を踏みだす勇気も、そのための時間や心身の余裕がないままにためらっているうちに、気が付いてみると、様々な責任、とりわけ経済生活、そしてそこから派生する様々な重

圧がのしかかってくる年頃になっていた。将来不安と焦燥に駆られて手当たり次第に仕事を引き受けた結果、何も考えないことを自分に言い聞かせないと耐え切れないほどのハードな生活になった。働き、食べ、寝る、それが生活のほとんどすべてになってしまった。本がなければ眠れないなどと嘯《うそぶ》いていた自分が恥ずかしくなった。

そんな状態が何年も続き、しかも、その先もずっと続くことがほぼ確実になってきて、やがては心身が壊れてしまいそうな予感に怯えるようになった。そこで、一大決心のつもりで、いかにも筆者らしいことを思いついた。他律的なストレスに自律的なストレスで対抗するんだ！　そしてそれを直ちに実行に移した。つまり、ただでさえオーバーワークで苦しんでいるのに、週に三日は睡眠時間を削り、早朝の三時頃には起きて通勤までの二、三時間、コーヒーの助けを借りてパソコンに向かった。

余裕のないままに書けることと言えば、その余裕のない自分の日常しかなかった。在日二世である自分の、社会と生活と自意識に翻弄される姿、それを書くためにもっぱら自分を見つめ、自分との対話に努めた。発表を意図してのことではなかった。書くことで自分と向かい合うこと、現実と向かい合うことを自らに課した。容易なことではなく、徒労感に苛《さいな》まれてばかりだったが、そのうちにほんの稀なことだが、自分の存在の核、或いは、自分を取り巻く現実の核のようなものにコツンと当たるような感触を覚えることもあり、その一瞬の喜びが、書く行為を、生活を、そして自分を支えてくれそうな気がするようになった。そしてそうした儚い喜びの勢いを借りて、自分を含めた在日について書くにあたっての視点や方法についても思いを巡らし、実験のようなことも行った。その成果が筆者の処女作『「在日」の言葉』（同時代社、二〇〇二年刊）だった

ところがそれも長くは続かなかった。書くことは嘘をつくことに他ならないという端《はな》から自明のことを、遅まきに痛感するようになった。遭遇した言葉が存在や現実の核に触れるという感覚は、新しくそして嬉しい経験だったが、一度、見つけだしたと思った言葉や書き方がむしろ自分を縛る。と言うより、自分がそれに寄りかかってしまい、現実に肉薄する努力を怠たり、むしろ自前の常套句に合わせて現実を描くようになる。

その延長では、物語の誘惑の危険も感じるようになった。現実を描くためには、ある程度は自分のどこかに潜む物語の欲望を刺激して、その欲望にうまく乗りさえすればスムーズに書けそうになるのだが、やがてはその物語の欲望が現実を描くという初心を凌《しの》いでしまう。現実を把握しようとする欲望が物語の欲望によって駆逐され、自分自身がそのことに甘んじるばかりか、そのことにほくそ笑むようなことにもなってしまう。

したがって、初発の動機だった現実把握のために書くことが本当に大切ならば、どこかで物語への欲望を制御して、改めて現実と向き合うといった緊張関係を持続，或いは、取り戻さねばならない。

そんなことを痛感するようになった。そして、そうした〈気づき〉が、筆者の金時鐘に対する違和感と通じていそうな気もしたが、その問題に取り組める状況ではなかった。その一方で、そうし

た気づきは、自分のことを書く姿勢においては、長い年月をかけてしだいに体内に染み入ってきたようで、それからほぼ一〇年後である二年前になってようやく完成した拙著『人生の同伴者　ある在日家族の精神史』（同時代社、二〇一八年刊）には反映していそうな気がする。

ところで、そもそも無理で成り立っていたオーバーワーク生活にさらなる無理を重ねる生活がいつまでも続くはずがなく、一〇年近くも経つと心身が悲鳴をあげはじめて、日常生活もまともにできなくなった。仕事も、そして収入も半分以下に減らさざるをえなくなった。既に中年から老年に差し掛かっていたことも相まって、残された寿命も意識した。そんな状態になって改めて金時鐘のことが気になりだした。

金時鐘について、そしてそれを通して在日について、自分の考え方、感じ方を書きとめることを、先延ばしにできなくなった。幸いと言うか、仕事量が半分以上も減っていたから時間の余裕だけは確保できた。

しかし、肝腎の方法論がまだ形を成しておらず、いくら挑戦してみても、議論は堂々巡りを繰り返した。

(4) 研究会の現場でのデジャ・ビュ

そんな頃に思わぬチャンスが訪れた。『ヂンダレ』の復刻版と別冊の出版、さらには復刻記念シンポジウムも視野に入れて組織された『ヂンダレ研究会』に参加させてもらい、それが終わると今度は、『ヂンダレ』と同時代の日本全国における多様なサークル詩誌、例えば、広島の『我らの詩』など個別の研究会、さらには、それら全国の様々なサークル詩の研究会が共催する合同研究会にも足を運ぶようになった。

そこでは、日本の一九五〇年代から六〇年代のサークル詩誌運動その他の文学運動などについて、遅まきながらも実に多くのことを学ばせてもらったが、筆者にとってはそれ以上に重要なことがあった。ほぼ在日だけの世界だった『ヂンダレ』と、在日が不在というわけではないがあくまで日本人主体のその他のサークル詩誌、その両方の研究会に参加したことによって、前々からうすうす感じていたことが学問研究の場に確実に存在することを痛感するようになった。

例えば、日本人の作品と在日の作品に対する研究会のメンバーの態度が微妙に違っているように見えた。ヂンダレ研究会では在日の駄作詩の個々に対する厳しい批評はあまり聞かれず、例えあったとしても言いよどみが伴うか、「駄作詩群」と一括したうえでの総体的な評言で済ます傾向が顕著に思えた。それに対し、その他の研究会では日本人の駄作詩に対して、酷評や嘲弄が軽口的に飛び交った。身内の気安さといった感じだった。少なくとも筆者の印象はそうだった。

そうした現象には、在日の一員である筆者が居合わせていることが少なからず作用していたのだろう。つまり、在日である筆者に対する配慮があってのことなのだろうと思いながらも、そのことに少なからずショックを受けた。

要するに、在日に好意的な日本人研究者は、在日に関しては誉め役に徹する一方で、否定的な要素については言葉を慎重に選び、あげくは沈黙する。在日に対して好感を抱いていそうにない日本人研究者は、在日に関しては素知らぬ風を装うか、ビジネスライクに振る舞う。そして、そのようにして抑えざるを得なかった本心を、場所を変えて、身内の気安さを発揮できるような時空において、苦笑いや冷笑を交えながらぶちまける。そういう様子が目に浮かぶような気がした。

但し、そのような態度を一概に非難するわけにもいくまい。そこには、礼儀、善意、良識、さらには民族的自責の念など、「大日本帝国」の後裔である市民もしくは研究者としての倫理観などが関わっていそうだからである。

かつて李珍宇や金嬉老の救済運動に懸命に取り組んだ仏文学者の鈴木道彦は、後年にその経験と自らの学問生活と人生を総括するような『越境の時　一九六〇年代と在日』（集英社新書、二〇〇七年刊）の中で、次のようなことを書いている。

「金嬉老に違和感を持っても、それを表明することは日本人には許されないのだろうか」。その文章に触れた際に筆者は、「許されないはずなどない。積極的にその内心を明らかにしたうえで、その責任を負う、つまり関係を再構築すべきだろう。しかし、実際には難しいだろうなあ」と内心で呟いた。

（5）在日による在日批判

日本の知識人は在日を持て余しているが、その一方で在日を必要ともしている。というのも、在日に対する批判は日本人には許されず、在日にしか許されないとすれば（そんな馬鹿なことなどあってはならないが、それが現実であるとしたら）、そしてその批判が必須のものならば、在日を批判する役を在日が引き受けねばならない。

そして筆者は、在日の一員に他ならないのだから、それを引き受けなくてはならない、などと柄にもないことを本気で考えるようになった。

因みに、在日による在日知識人批判、或いは、在日の自己批判というアイデア自体は、それ以前から筆者の胸のうちにあったし、そもそも金時鐘に対するアンビバレントな印象も、当時はまだそれほど意識化されていなかったが、それと無関係でなかったはずである。そして筆者は今から一〇年以上も前に、拙著『「在日」との対話』（同時代社、二〇〇八年刊）でそれに類することを試みてもいた。ところがそこでは、やり遂げる決意と自信、そしてそれらと表裏一体の責任感も欠いたままに、具体的な人物名や関連テクストなどを捨象して、甚だしく抽象的でもっぱらレトリックに頼った議論に終始したので、筆者の意図が読者に理解されるはずもなかった。

そんな経緯もあったので、今度こそはもっと大胆に、しかしそれと同時に徹底的に細部にこだわって書いてみようと覚悟を決めた。

金時鐘についての初めての拙文「詩はメシか？」（本書第1章）は、諸種の研究会に参加しながら次第に形を成すようになってきた方法論、つまり、政治や文学やその他何であれ集団的、運動的なテクストにおける戦略性への着眼といった、それ自体としては何の変哲もないアイデアに基づいて、集団を統率するための金時鐘の種々のテクスト戦略を析出する試みだったが、それを曲がりなりにも書き終えたことで、金時鐘のテクストの分析を通して在日による在日批判へと至る手立てを見つけだした感触があった。

本書の第2章以降もまた、その「詩はメシか？」で試した方法論を援用して、それとは異なる時代と現実における金時鐘の言動の戦略性にこだわった。たったそれだけのために第1章と第2章以後との間にずいぶんと長い歳月を要したことなど自慢にもならないのだが、ともかく筆者にとっての在日観の検証の一環としての金時鐘論の大まかな輪郭くらいは書いたつもりでいる。

(6) 相互批判を通しての協働

いくら優れた人物でも人生の長い道のりにおいては、少なくとも一度や二度は取り返しがつきそうにないミスや罪を犯すものであり、いくら知的な人にでも死角というものがあって、とんでもない思い込みにしがみついているような場合もあるだろう。そしてそうだとしても、それがもっぱら私的なことであれば、そんなことに他人がくちばしを挟む必要も権利もあるはずがなく、当人がその責任を取るよう内面的葛藤を経てその修正に努めればよいのだろう。

しかし、それが公的なレベルとなると、そうはいくまい。公的な責任が伴い、それについて云々する義務はともかく権利くらいは、他人にもあるだろう。例えば、文章を公刊したり、社会的に発言したりすれば、その内容についての責任が生じ、当人がその責任を明らかにしてそれを担う努力をすることで、社会は何とかそれなりの体裁を保って人間が生きるに値するものになる。

しかし、そのような修復作業は当人だけでは難しい。同じ社会に生きている者同士の相互批判があれば、それを担保にした協働作業によって、個々人の、さらには集団の「過ち」の結果が修復され社会的な絆も強くなる。

ところが、そうした相互批判にあたって厄介なものがある。誠意や善意や良識や礼儀、さらには民族的責任などのまっとうな倫理観が、むしろそうした相互批判を妨げる場合も少なくない。配慮や慎みが絡み合った結果として、誰一人として責任を取れないし、取るつもりもない暗黙の禁忌コードのようなものが形成されて、それが相互批判を妨げ、やがては忖度のようなものがはびこり、社会全体が萎縮する。

(7) 暗黙の禁忌コードを超えて

本書の出版も、その一角をなす拙文が、そうした暗黙のコードのようなもののせいで、予定していた雑誌に掲載されなくなったので、当初の予定が大幅に狂いそうになり、その結果として逆に刊行を急ぐという、何とも奇妙な経緯をたどった。

当初は、金時鐘については詩に関する論をあと一篇、金石範に関しては既に公表している二篇に加えてあと一篇(「『火山島』の人物」について)を完成させ、さらには二〇年ほど前に書いた立原正秋に関する評論なども合わせて、筆者なりの〈在日文学論〉を刊行することを夢見ていた。しかし、それにはまだこの先、二、三年くらいの歳月を要するだろうと思っていた。

因みに、そうした三人の在日作家の組み合わせ、それを異様に思う向きもあるかもしれないが、筆者は本書とほぼ同じテーマでそれを構想し、楽しみにしていた。

ところが、その予定を前倒しに、しかも内容をずいぶん縮小して、金時鐘に関するこれまでに完成した文章だけをまとめて出版することになった。先に触れた暗黙の禁忌のコードの不気味さと、折からのコロナ禍と連動した政治と国民の大政翼賛的な雰囲気に対する怯え、加えて老化絡みの体調の不調などが相まって、切迫感が増幅した。危機がさらに深刻化しそうな冬を迎える前までにと出版を急ぐことになった。

以上のような経緯で刊行にこぎつけたのだが、金時鐘を批判しているというだけで反発する方が多くいそうな気配である。しかし、そうした予想される反発や批判もまた、本書の不可欠の構成要素だと筆者は考えている。いろんな見方があるだろうし、それをぶつけ合う契機になればと思って本書を構成する文章を書いてきたし、刊行も決断した。

しかも、例え筆者の議論に賛同しない方々にとっても、金時鐘やその散文について本書のような分析は他では見かけないはずなので、希少価値くらいはあるかもしれない。或いはまた、本書で筆者が試みたテクスト解釈という冒険の産物に、何か適切な補助線を書き加えてみれば、意外にも有効な方法に変身して、金時鐘その他のテクストの新たな見方が開けてくるかもしれない。さらには、金時鐘に対する肯定・否定などの評価を超えて、テクストや人間の言動に対して分析を試みる際のヒントくらいになるかもしれない。夢のような話かもしれないが、筆者としてはそんなことを本気で期待している。

本書の第1章を書くように背中を押してくれた数々の研究会と筆者の橋渡しをしてくださった宇野田尚哉さんに、超多忙な学務や研究活動、さらには、本書に推薦文を寄せることで生じかねない諸種の不都合を重々承知しながらも、敢えて寄稿をお願いして快諾いただけたことは、筆者ばかりか読者の皆さんにとっても、大きな幸運のはずである。

常にバランスの取れた批評眼と厳しい実証の手続きを怠らない点で、筆者とはまさに対蹠の位置にいる宇野田さんの、忌憚のない批評的推薦文の助けも借りて、本書が目指す在日と日本人の、或いは在日同士の、或いは日本人同士の、改めての自己批判と相互批判、真摯だからこそ往々にして熱くなってしまう頭を冷やしてくれる涼風がそよぐような対話、それが弛むことなく続くことを願ってやまない。

＊本書に頻出する〈　〉内は、筆者の造語もしくは特に強調しておきたいキーワードである。
＊人名に関しては、敬称を略させていただいた。

第1章　「詩はメシ」か？――サークル詩誌『ヂンダレ』の『前期』と金時鐘

はじめに

「在日朝鮮人文学の原点」と評されながらも久しく「幻の雑誌」であった『ヂンダレ』が復刻された。しかもそれには、宇野田尚哉、細見和之による大局観と細部の緻密な分析を兼ね備えた解説と、金時鐘、梁石日、鄭仁の三氏も交えて、当事者ならではの情報がふんだんにもられた鼎談とで構成された別冊（以下、『別冊』と略記）も付されている。さらには、復刻を記念して、金時鐘、鄭仁なども招き、先述の宇野田、細見を中心とした『ヂンダレ』研究会主催によるシンポジウムが開催されて、その報告集『「在日」と50年代文化運動』（人文書院、二〇一〇年刊）も出版されるに至った（以下、『報告集』と略記）[1]。こうして「うわさ」や「神話」としてではなく、朝鮮戦争最中の一九五〇年代初頭に大阪で産声を上げた在日朝鮮人青年のサークル詩誌の全貌に触れ、それを論じる基盤が成立した。

そこでそれらの成果を基盤にして、今後の『ヂンダレ』、さらにはそれも含めた戦後の在日文学運動に関する研究の道筋を展望してみたいのだが、その総体に取り組む準備が、筆者にはいまだ整っていない。それどころか、こと『ヂンダレ』に限っても、その総体を対象として論じるのは手に余る。したがって、とりあえずは、『ヂンダレ』の創刊号から一〇号まで（以下、『前期』と略記）に焦点をあて、そのサークル詩誌全般に関して定着していそうな「常識」の一部に対する疑義や異論を提示しつつ、先行研究の成果をさらに活かす道筋を模索したい。

但し、それに先立って、要らぬ誤解を避けるための断り書きも兼ねて、筆者の少々独特な方法論について述べておきたい。

先ず、以下の議論は何らかの結論に収斂するものではなく、先行研究の成果に大きく依拠しながら、その一部に対する疑問に基づく推論の域を出るものではない。

次いでは、筆者の出自とそれに付随する経験のバイアスの問題がある。筆者は在日二世であり、その意味では『ヂンダレ』に集った人々の多くと、二〇年から三〇年のタイムラグはあっても、民族的帰属と在日二世という世代的括りに関しては、同じ範疇に属している。そうした事情もあってか、『ヂンダレ』及びそれに関する議論に対しては、まるで自分のことのように情動が過剰に刺激され、経験的信憑に基づく判断に傾きがちになる。そこで、筆者なりにその点に留意して、その種のバイアスがテクストの曲解をもたらさないように努めるが、それでもその種の弊を完全に免れていると言い切る自信はない。それどころか、テクスト解釈にあたっては、筆者の〈在日二世的信憑〉なるものを根拠にして想像力を逞しくする場合も少なくなく、実証性を欠いた恣意的解釈の誹りを免れがたいだろう。それでも敢えて、そうした二世的信憑に基づく議論であることを明示することによって、その責任を全面的に引きうけながら、筆者が備えたバイアスをむしろ積極的に活用して、テクスト解釈の冒険を試みるつもりである。それが有効な場合も少なからずあると信じているからである。但し、そうした信憑に基づく解釈に、一定の妥当性があるかどうかは、読者の判断にゆだねるしかない。

最後に、前述の議論と一部は重複するが、テクスト読解の可能性を広げたいという趣旨から、先行研究に対して思い切った異論を提出する場合も少なからずあって、いたずらな論難と見なされるかもしれない。しかし、筆者としてはそんなつもりなどまったくなく、先達のテクストをどのように読み解くか、それを追求するための問題提起に過ぎない。

テクストの生産者はもっぱら、よりよく生きるために、テクストを読み解き、そして紡いでいたに違いない。そうしたテクストとその生産者たちの現場に立ち戻ってテクストを体験したい。そのためにも、当事者と後世の読者の自己肯定の欲望などが相まって生産されがちな偶像化、それに亀裂を生じさせることによって、テクストと書き手を本来あるべき位置に置き直す、これが本章の目的である。

1　時期区分と対象の限定

本論の対象を『前期』に限定したのは、先にも触れたように筆者の力量と準備の不足が一因であることは確かなのだが、それ以外にもいくつかの理由があり、それを明らかにしたうえで論を進めたいのだが、さらに先だって、時期区分の根拠について述べておく。

『ヂンダレ』は日本共産党の政治的戦略の一環としての文化運動路線に基づくサークル誌であり、指導グループとそれによって指導される一般会員という二種類の構成メンバーがおり、その前者の中でも中枢、つまり雑誌運営の中核である編集責任者と発行責任者の推移に注目して、『ヂンダレ』の変遷をたどってみる。

『ヂンダレ』の創刊メンバーの多くは日本共産党の党籍を持った活動家であり、一九号と結果的に最終号となってしまう二〇号の二つの号を除いた全巻を通じて、その一人ないしは複数（金時鐘、洪宗根、朴実たち）が、編集人もしくは発行人の任にあたっており、中核にはほとんど揺らぎがないように見える。しかし詳細に立ち入ってみると、随所で微妙な変化が生じている。左記の表を参照してもらいたい。

号数	編集人	発行人
創刊号から七号	金時鐘	金時鐘
八号	金時鐘	洪宗根
九号	朴実	洪宗根
一〇号	鄭仁	洪宗根
一一号	鄭仁	洪宗根
一二号～一四号	鄭仁	朴実
一五号	鄭仁	鄭仁
一六号～一七号	洪允杓（洪宗根） 金時鐘 趙三竜 金仁三〈共同編集体制〉	鄭仁
一八号	梁正雄（梁石日） 金仁三 金華奉 鄭仁〈共同編集体制〉	洪允杓（洪宗根）
一九号と二〇号	梁石日	鄭仁

以上で何よりも目につくのは、八号までほぼ一貫して編集人と発行人を兼ねた金時鐘の特権的な位置と、九号以降のひとまずの退場であろう。次いでは、随所で名前が挙がる洪宗根の存在である。例えば、洪宗根は各号の「主張」欄を金時鐘と並んで執筆していたし、四号では金時鐘による「編集後記」の後に、「后記の后記」(『ヂンダレ』では「編集後記」については、「後記」と「后記」といった二つの表記が混在しているが、本稿では、「後記」に統一する)を執筆し、編集人を二人で分担していた気配もある。しかも、金時鐘が発行人を降りた八号〜一一号ではその代役を果たし、さらに一六号〜一七号では編集人、一八号では再び発行人になるなど、雑誌運営が不安定になると前面に現れて雑誌の安定を保つ重石、つまり雑誌の創刊主体の政治的志向性を確保する役割を果たしていたことが窺われる。

次いでは、一〇号における鄭仁の登場と、その後の編集人もしくは発行人としての安定した位置。そして最後に、一九号と二〇号では、雑誌創刊以来の指導グループはすっかり姿を消し、梁石日が編集人、鄭仁が発行人に就くなど、雑誌中枢の完全な変化が明らかとなる。

以上の中でも『前期』に限って言えば、金時鐘のほぼ一貫した重要な位置、そして、後半における鄭仁の登場が際立っている。鄭仁は創刊メンバーでもなければ政治的前衛(日本共産党)とも関係がなく、七号から参加・執筆を始めたばかりの新参の身でありながら一〇号では編集人に就く。そして、ちょうどそれと同時期の九号と一〇号では、それまで雑誌の現状認識と方針を明らかにしていた「主張」欄が姿を消し、特に一〇号は質量ともにすこぶる低調で、鄭仁の「後記」もいかにも不慣れな語調で不手際を詫びるといった体たらくで、グループの崩壊を予感させるほどの惨状を示す。ところが、その後、鄭仁を中心とする編集体制が軌道に乗り出すと、急速に勢いを盛り返し、全期を通じての全盛期を迎える。

そうした雑誌中枢の人物たちと誌面の明らかな変化が一〇号を画期とする理由であるが、これは筆者の創意ではなく、他の多くの評者、特に、宇野田の『別冊』における議論の延長線上にある。

さて以上のように『ヂンダレ』を「前期」と「後期」に二分し、先にも述べたようにその『前期』に焦点を絞って論じるのは次のような理由による。

少なくとも「サークル誌」という視角からすれば、隆盛を極めたとされる『後期』よりむしろ、折々に同人誌ではなくサークル誌という立場を強調していた『前期』においてこそ、『ヂンダレ』の問題群が殆ど裸形のままに露呈している。例えば宇野田は、『前期』をサークル誌、『後期』を同人誌的グループと性格付けし、『前期』から『後期』への変貌ぶりを高く評価しているのだが、その『後期』に関する評価は別として、『ヂンダレ』の時期区分とその性格付けに関しては本論もほぼそれに倣っている。

さて、その『前期』の代表作については先行研究で既に一定の言及がなされ、それはおおむね妥当なものと思われる。例えば、朴実「西の地平線」（創刊号）に他の同時代のサークル誌にはほとんど見られない東アジア全体を見据えるような視線、さらには、在日的与件に由来する在日特有の現実感覚を読み取った宇野田の議論がその代表と言えるだろう。その他、権敬沢の『前期』における詩作品群やその他のいかにも在日二世的な日常的生活感覚に棹差す詩群、例えば、洪允杓（洪宗根）「もやし露地」（第三号）、「日本の食卓」（第六号）、三号から参加した金希球の「鶴橋駅よ！」（第四号）、「大阪の街角」（第五号）についても、細見その他が柔軟で適切な分析を既に明らかにしている。さらに、黒川伊織がジェンダー的観点から、『ヂンダレ』の様々な限界や問題点を鮮明に浮き彫りにする存在として取り上げている李静子もまた、『前期』に多くの詩を発表している。したがって、この時期を代表する詩作品に関しては、後に触れる金時鐘と鄭仁の詩作品を除いては、筆者が付け加えるべきものはほとんどなさそうである。

ところがその一方で、先行研究では十分に語られてこなかったテクスト群があり、それもまた二種類に大別できる。一つは、「駄作詩群」なのだが、これまたさらに二分できる。先ずは、闘争詩として一括される詩群で、もう一つが生活詩群である。それらの悉くが駄作というわけではないのだが、一方では過度に情緒的な言葉と習い覚えたばかりの概念との混交と落差、他方ではもっぱら素朴な日常と理想化された未来像などの羅列にとどまっている場合が多く、そうした駄作詩についてはこれまでほとんど言及されていない。それに例えば、先にも名を挙げた権敬沢の作品に関しても、あからさまな闘争詩についてはほとんど看過されている。『ヂンダレ』以前に一定の詩作経験があり、『ヂンダレ』においても盛んに作品を発表するばかりか、すでに細見が分析しているように詩的喚起力を備えた作品を書ける権敬沢でさえも、そうした闘争詩においては教条に縛られて硬直した絶叫の虜、或いはその逆に「祖国」に対する感傷過多の憧憬の垂れ流しといった感が強いからだろう。

十全に論じられてこなかったもう一つのテクスト群とは、「主張」その他の情勢に即してのマニフェスト、そして「後記」である。それに加えて、各巻の誌面構成などの工夫もまた、先のテクスト群と相まって、運動体としてのこの雑誌にとっては大きな意味を持っていたはずなのに、それについての言及も不十分に思われる。『別冊』の「総目次」及び『報告集』の「関係年表」が、この雑誌総体を運動体として論ずる方向性を明確に示しているのだが、せっかくのそうした成果が十分に活用されておらず、その方向性をさらに追及する必要がある。

そこで筆者は本論で、宇野田その他がすでに提示している運動体としての『ヂンダレ』という観点の延長上で、これまでには十分に論じられてこなかった主導的な論調、それを象徴する事件、そして雑多なテクスト群、さらには各巻の誌面構成などに関する議論に比重を置く。

すなわち、サークル誌『ヂンダレ』がどのような原理原則を掲げ、どのような戦略に基づいて在日の若者を糾合した結果、どのような苦闘を背負いこまざるをえなかったのか、といった問題群である。当初は指導部（特に金時鐘）の呼びかけに在日二世の一部の若者たちが熱烈に共鳴したものの、次第に両者の乖離が浮かび上がり、それに対応するための指導部の苦闘の過程で浮上してくる文学と政治に関わる問題群なのである。そうした経験の成果として『後期』の隆盛もあり、その一方では内部における齟齬・相克の深刻化が進み、ついには中枢部の一部とその他との衝突に至って、中断という形で事実上の廃刊に追い込まれる。

そこで以下では、先ず創刊号に立ち戻って、雑誌『ヂンダレ』の産声に耳を傾けたうえで、その後の『前期』全般における展開をたどる。

2　『前期』における「事件」

本節では、『前期』のテクスト群の中でも特に文化運動を名乗った政治運動体としての『ヂンダレ』を象徴するような「テクストもしくは事件」をとりあげる。

(1)「詩はメシ」

先ずは、創刊号の冒頭を飾り、当時の読者のみならず、現代の読者にも大きな感動を引き起こしているらしい「創刊のことば」、筆者が「詩はメシ」と呼ぶ一節を引用・紹介し、それについて論じる。

それと言うのも、『前期』の誌面にはこの呼びかけに対する直接・間接の反響が繰り返し現れ、直接に言及もしくは対応していそうなテクストだけでも次のようなものがある。二号の書信往来欄の李達三「S君え《ママ》」、三号の金千里「ヂンダレの新会員になって」、四号の結核療養所からの書信往来、梁元植「金時鐘トンムえ《ママ》」、五号の権敬沢「われらの詩」、そして同じく五号所収の宋才娘「この歌の中に—関西の歌ごえに寄せて—」その他である。

また現代にあっても、詩の実作者や研究者の中にも、この一節に魅了されて虜になる人が少なくなく、その理由としては、日本の現代詩、現代文学が忘れてしまった人間、そしてその生活が見事に表現されているから、とされる。つまり、在日文学一般に対する評価の従来からの範型を見事になぞっている。さらには、『ヂンダレ』に「在日文学の原点」を見出して絶賛し、それに続こうと掛け声が発せられたりもする。しかし筆者は、そうした評価に一理くらいはあると思いながらも、そうした議論の発想と手順と論理展開には大きな違和感を抱く。「詩はメシ」に関する筆者の分析は、当然その違和感をベースにしたものとなる。

さて、「詩はメシ」とは次のような呼びかけなのである。

「詩とは何か？　高度の知性を要するもののようで、どうも私達には手なれ難い。だが難しく考える必要はなさそうだ。最早私達は、喉元をついて出るこの言葉を、どうしようもない。生のままの血塊のような怒り、しんそこ飢えきったものの、『メシ』の一言に盡《ママ》きるだろう。少なくとも夜鶯（ロシニヨル）でないことだけは事実だ。私達は私達に即した、本当の歌を歌いたい。嘗つて、シャトー・ドウ・コントの深い溝の中で呻いていた、奴隷達の呻き声と、鉄鞭のうなりは、今日のこの世に、なほも強く、鳴り響いていやしないか？　……私達はもう、暗におびえている夜の子ではない。悲しみのために、アリランは歌わないだろう。涙を流すために、トラジは歌わないだろう。歌は歌詞の変革を告げている。さあ友よ、前進だ！　高らかに不死鳥を歌い続けよう。この胸底のヂンダレを咲かせ続けよう！……」

こうしたいかにも青年らしい覇気に満ちた呼びかけに、既に触れたように素直に魅了される若者たちが多くいたし、今なおいるかと思えば、他方では、後続世代のそれも相当の年齢に達した筆者のように、その客気に当惑する者もいたりして、個々の体験や趣味によって多様な受け取り方がある。しかし、そうした個々人の好悪や趣味の問題はさて置いて冷静に読んでみれば、この一節はどのような構造をなしているだろうか。例えば、そこに「非知的層への訴え、知識人に対するアンチテーゼ、この二重性」を読み取るという観点が既に提示されており、筆者もそうした観点に倣うが、そこに留まるのではなく、その観点をさらに掘り下げたい(2)。

先ずは、発話主体として提示された主語「私達」に着目する。呼びかけの主体が複数なのは、この雑誌の創刊に際して、日本共産党の党籍を持った者を中心として、革命運動、とりわけ在日の民族運動の前衛に属していた七名の発起人がいたという事実と符合しているのだろうが、しかし、この「私達」はそうした事実としての共同性だけを意味しているのではない。呼びかけの対象者を予め巻き込んだいわば〈仮想の共同性〉なのである。その仮想の共同性と、先に示した呼びかけ対象の二重性とは密接な関連性を有しており、それを整理すると次のようになる。事実としての主体である「私達」と、呼びかけられる客体としての「私達」とが、ある一定の〈契約〉のもとに共同戦線を組織する。その契約とは、先に示した「非知層の共同体として、知識人に対抗して新しい文学、新しい社会」を目指すことである。但し、この二種類の「私達」が溶解して一つになるわけではない。呼びかけの主体である「私達」が差し出した契約に従うという条件でのみ、呼びかけられた対象はその「私達」という仮想の共同性への参入を許される。このように、〈二種類の階層の「私達」〉が構造化されている。

以上の階層秩序によって成り立つ共同性をより詳しく明らかにするために、書き手である「私達」の位階に改めて着目してみる。この呼びかけを発した書き手は、実は否定的対象として提示された知識人に他ならない。例えば、「ロシニヨル」や「シャトー・ドウ・コント」といったカタカナ語が用いられているのを目にして、現代のある程度の知識を備えた者なら、書き手がその意味をどれほど理解して使っているのか首をひねり、その衒学趣味や背伸びに苦笑いするかもしれない。しかし、たとえ半可通であれ、その種の知的衒いができることだけでも、このテクストが書かれた当時の『ヂンダレ』を取り巻く在日の青年にあっては、呼びかけられた人々と比べての書き手の知的優位は明らかである。しかも、その優位性を隠すどころか、むしろ誇っており、それがまたアウラを醸し出し、誘引力を増幅している。

因みに、「シャトー・ドウ・コント」というフランス語らしいカタカナ語については、どのようなフランス語にあたるか定かではないのだが、敢えて言えば、二種類の解釈の可能性がある。一つは、château de comte、もう一つは château de conte であり、comte と conte というように m と n が異なるが、音は同じだから、カタカナにすれば引用文の通りになる。そして前者なら「公爵の城（もしくは館）」、後者なら、「物語の館（城）」なのだが、後者の場合、その後には通常 de fées が続いて、「おとぎ話の館（城）」ということになるのだが、いずれにしても、その直後に続く「深い溝の中で呻いていた、奴隷達の呻き声と、鉄鞭」とは直接につながりそうにない。したがって、どのような歴史的事実を指しているのか見当がつかない。苦し紛れに「殿様の館」を「ガレー船」とでも読み替えれば、少しは納得がいきそうなのだが、むしろ、何かの本で読んだり聞きかじった断片的知識や曖昧なイメージなどの混交だったのではと、想像するしかない。

但し、そのカタカナ表記の言葉が実際にどのようなフランス語に相当するかなどは、当時の書き手と読み手のどちらにとっても、どうでもよかったのだろう。高尚で貴族的な文化を否定し、それらの文化を成立させていた階層社会の底辺で苦しんでいた人々の後裔として、労働者、或いは被抑圧民族の立場で新たな文化の創出を志向するというメッセージは十分に伝わっていたに違いない。

それでは、そんな不要なカタカナ語が何故に使われたのだろうか。テクスト内容が指し示しているのは、具体的な事実というわけではなく、集団の共同的な意志、感情であり、そのためならどんな材料でも活用する。アジテーションとは元来そういうものなのだろう。

このテクストの書き手は、そうした事情を承知のうえで、このメッセージを受けとる人々の多くが知るはずもない言葉を、いわば爆薬の火種のように効果的に活用している。その意味では不要などではなく、是非とも必要だったとも言える。

ともかく、そうした知的優位を誇る書き手が、自らが備えている文化資本とそれに伴う位階を否定、いわば自己否定することによって、「非知層」と手を携えて進む意思表明、それが高らかになされていることになりそうなのだが、先にも記したように、その手を携えるはずの両者の非対称性、つまり指導者と被指導者といった上下の関係性も明示されている。

つまり、この「詩はメシ」の一節は、否定的媒介とされた「高尚なサロン的文化」への憧憬をかきたてると同時に、それを禁止する「指導者」の身振りなのである。その結果、この「呼びかけ」に魅せられた人々は、そうした「高処」への憧憬をかきたてられると同時に、それへの接近の欲望を封じられる。

そのような二重拘束を強いられた人々は閉塞感に苦しみそうなのだが、そうした自覚を持たないだろう。ほぼ同時並行的に、はけ口が提示されているからである。閉塞感が強ければ強いほど攻撃性を増す欲動(もちろん、ここの文脈では民族的、階級的使命とされるだろうが)の方向性が提示され、煽り立てられる。そして、その欲動が十全に排出された先に、新しく真の文化が展望されるのだが、そうした一切を操るのは、知的な文化、そしてその対極であるはずの非知と非文化(つまり「真」の文化)の両方を独占している書き手、或いはその書き手を衝き動かしている〈政治的かつ文学的な夢〉なのである。

優れたアジテーションと言わねばなるまい。しかし、以上のようなテクストの戦略性は、この書き手の独創なのではない。とりわけ、この種の〈禁止命令〉による闘争への誘導、或いはそれに向けての叱咤激励といったものは、手近なもので言えば、中野重治が既に範型を提示し、おそらくはそれに倣ってなのだろうが、『ヂンダレ』と同時代の日本の数多くのサークル詩誌運動ばかりか、現代の数々の共同性への勧誘、さらには現代の商業的なキャッチコピーにも頻繁に見られるもので、時代や党派性を超越した常套手段と言ってよかろう。

　但し、そこに民族色が繰り込まれているという点が、同時代の日本のサークル誌のそれとは一味違うとも言えるだろうが、それもまた、当時のサークル詩誌が日本的民族主義の色合いを濃く備えていたことを考え合わせれば、帰属先が朝鮮と日本といった差異はあっても、ナショナルなるものを突き詰めた先にインターナショナルなものを展望するといった同型の論理構造を備えていると言えるだろう。

　しかも、ステロタイプだからこそ大衆性を獲得する、ということが往々にしてある。以上の議論と重複する部分が多々あるだろうが、先行研究の助けも借りて、その内実にもう少し立ち入ってみる。

『ヂンダレ』の創刊が、当時の日本共産党民族対策部の指令に基づき、金時鐘その他が朝鮮人青年を糾合する政治運動の一環としての文化（文学、詩、その他）サークルであったことはよく知られている（『報告集』及び『別冊』所収の宇野田論文などを参照）。

　つまり、創刊号の冒頭に掲載された「詩はメシ」は在日の若者を詩（もしくは知的なもの）への憧れという入口から、先ずは文化運動へ、次は政治運動（メシ）へと導くためのアジテーションであり、一種のキャッチコピーだったということになる。但し、ここでも念を押しておくが、キャッチコピーだからと言って、それを貶めるべき謂れはない。それが当時の在日の若者ばかりか、現在の読者をも惹きつけているのだとしたら、それなりの理由があるからだろう。しかし、少なくともそれが発せられた段階では、〈政治的キャッチコピー〉の性格が色濃いものだったという点を忘れてはなるまい。

それを確認したうえで、それを発した人々、そしてそれに魅了されて飛びついた人々のそれぞれに何が起こっていたのかを考えてみる。

先ずは、その〈コピー〉の主体の側に眼を向けてみる。いくら政治（メシ）的意図に基づくキャッチコピーだったとしても、文学（詩）が無視されていたなどとは言えず、政治的志向と一体化した文学的志向が表出されていると、先ずは見なすべきであろう。

但し、それがテクスト上で謳われているような、熟慮の末の確信に満ちた観点、もしくは方針だったのかと言えば、どうもそうでもなかったらしい。例えば、金時鐘は後年、「私はね、内心どっかで、創作行為が組織運動の便法になるっていうことに、疑念をもっておりましたね」（『報告集』七〇頁）と述懐している。

この後年の述懐をそのまま信じていいのかどうかは定かでないのだが、もしそれを信じるとすれば、そうした疑念を持っていた金時鐘当人の「詩はメシ」の熱烈な呼びかけの、少なくとも半分くらいは嘘のようなものであり、その嘘に飛びついた在日の若者たちは〈欺かれていた〉ということになりかねない。

筆者はあえて金時鐘の述懐を信じて、〈欺いた〉と解釈する。ただし、金時鐘は〈欺いた〉かもしれないが、他人ばかりか、自分自身をも〈欺いていた〉という意味においてである。

「詩はメシ」というテクスト上では明快らしく見えても、実はその書き手自身にとっても曖昧なままだった政治と文学の関係についての考え方や立場が、その後の『ヂンダレ』における格闘で次第に明確なものになっていき、後知恵として先述のような述懐が生まれたのだろう、と推察するからである。

以上のように、その呼びかけは党派的な要請と、当時でも不明確かつ大きな振幅を抱えていた個人的志向性の混合物であり、テクスト上ではその個人的な揺れがかき消され、あたかも確固なもののように謡われてしまった結果、書き手の予測を超える影響を及ぼした。そしてそれは書き手にとっては喜ばしいことだったろうが、その分だけ、後に大きな困難を引き寄せることになった。

但し、金時鐘は後年のそうした述懐とは裏腹に、すこぶる真剣に『ヂンダレ』に精力を傾注していたことが、彼自身による「後記」、そして会員の投稿などから如実に窺われる。したがって、そうした献身だけでも、先の〈嘘〉の責任など消し去って余りあるものだったに違いない。しかし、その熱心な努力の前提として、〈詩〉と〈メシ〉が同列に置かれていたわけではない。少なくとも『前期』においては、文学〈詩〉は政治もしくは革命運動〈メシ〉に仕えるという観点に立って、金時鐘は人々を鼓舞し、指導した。金時鐘自身が次のように語っている。

「私は当初『ヂンダレ』を自分の作品を発表すべき場所と思ったことはありませんでした。……私はちょっと先輩ぶったことをやってりゃいいといった程度の認識でした……ああこりゃほんとに考え直さなくてはならないというふうに思ったのは、だいたい鄭仁君が編集を担当するようになった一〇号前後のことであったと思います」（『報告集』七〇頁）。

つまり、彼は政治的な観点に立ったサークル詩誌の指導者として献身を惜しまず優れた能力を発揮し、それが彼の文学と政治の関係についての疑心などは飛び越えて、『ヂンダレ』に集った若者たちの共感を得ていたのである。

逆に言えば、当時の在日の若者の多くは、経済的にも文化的にも金時鐘ほどの資質や資産を欠いていたからこそ、〈金時鐘が提示する理想〉にかすかな希望を見出し〈跳躍〉を企てた。それしか道がないと思わせる絶望的境遇があったからである。

『前期』のテクストの至るところで見出されるのは、在日の貧困であり、その貧困と苦闘しながら、そうした貧困をもたらす不正との戦いを通して、「共和国」を夢見る若者たちの姿である。つまり、ヂンダレに集った若者たちは、自分たちが苦しんでいる紛れもない現実としての物理的飢え、それを満たす代わりに、精神的飢えを満たしてくれるものとして、さらには、その延長上で物理的飢えをも解決するものとしての詩（文学的営為）を夢見ていたわけである。

ともかく、文学的修練などほとんど経たことがない在日の若者がそこに集まった。日々の生活の困窮にも関わらず、その生活には一銭の足しにもならない詩サークルに若者たちは集い、議論し、詩を書こうとしたのである。政治組織の指示を受けて『ヂンダレ』を組織した金時鐘たちの思惑は見事に当たったことになる。

しかし、その後には指導される彼ら彼女らが〈夢見ていた何か〉と〈詩〉との甚だしいギャップ、さらには、指導者たちの思惑との〈ずれ〉や〈乖離〉が次第に明瞭になってくる。

以上のように、『ヂンダレ』はその創刊時点で、政治と文学の不可分な関係、というよりむしろ、文学は政治に完全に従属して政治を支えるという観点を、〈詩はメシという謡〉の中に溶かし込んで始まった。

『ヂンダレ』総体については、党派の政治と『ヂンダレ』の文学といった二項対立を軸にして、もっぱら政治に責を負わせて、文学（つまり金時鐘、鄭仁、梁石日など）を救いだす、あるいは称賛する形で論じられる傾向が強い。しかし少なくとも『前期』においては、そのような二項対立的図式は実態にそぐわない。その種の二項対立的図式は分かりやすくて便利だから流布しやすく、しかも、それなりの妥当性もなくはないのだが、それはあくまで一部の真実、妥当性にすぎないのに、その限定性をないがしろにしたまま定式化されて独り歩きしている。そこで、『前期』にあって、政治と文学の一体性を、「詩はメシ」のように〈謡〉で粉飾することなくまるごと露呈する「事件」に移る。

（2）『前期』における政治による文学の圧殺

『前期』には政治的主張が溢れている。しかもそれは単に政治的主張一般と言うよりも、当時の日本共産党、そしてその傘下にあった在日の左翼組織の主張、そしてその変転がそのまま反映している。その中でも文学と政治の関係において際立つ「事件」があった。それなのに、当時の国際共産主義運動、とりわけ東アジアの民族解放運動史の文脈で『ヂンダレ』を読み解こうとした宇野田その他が、この「事件」にほとんど触れていないことが訝《いぶか》しい。おそらくは、慎みや配慮が作用しているのだろう。もしそうだとすれば、筆者はその慎みや配慮をかなぐり捨てる無作法を買って出ていることになる。しかし、筆者はその「事件」を『ヂンダレ』における政治と文学の関係を論ずるにあたって必須かつ恰好の材料と見なしているので、敢えてそこに立ち入ってみる。

検討対象のテクストは、四号の主張「叛徒の名のつくすべては抹殺される」無署名（四頁）なのだが、その末尾は次のように結ばれている。

「彼（筆者注：林和のこと）は詩人に化けていたが、彼は詩人ではなく叛徒であった。侵略者アメリカと緊密な連絡をとり共和国政府を転覆させようとした陰謀家であった。……わたしたちは激しい怒りなしに叛徒の名を口にする事はできない。叛徒の名のつくすべて、血で汚れた作品の一つ一つをどうして詩といい、読む事が出来よう。わたしたちはそれらを一切抹殺するであろう。

それにもまして、わたしたちは一層、奮起しなければならない。わたしたちは戦いの中でのみ、詩が生まれる事を認めあった。本当に祖国を愛し、民族を知り得たとき詩は生まれる。

李承燁・林和一味の名のつくすべてそれらは汚点であり、抹殺される」

北の「共和国」が詩人・林和をアメリカの「スパイ」として粛清したことを熱烈に支持するばかりか、その文学の抹殺まで主張している。文学は完全に政治に従属しており、ここでの政治とは

「北」の主張に他ならず、その主張を鵜のみにして、その「正しさ」が激烈に謳いあげられている。但し、この無署名の主張を運動体としての『ヂンダレ』との関連で考えるためには、何段階もの手続きが必要だろう。例えば、誰が、どのような事情でこのテクストを書き、それが『ヂンダレ』の総意、或いは少なくとも中核メンバーの総意だったのか否か、つまり、このテクストの責任はどこにあったのか、そして、当時の『ヂンダレ』においてどのような意味を持ち、その後の『ヂンダレ』にいかなる影響を及ぼしたのかといった事柄である。そこでそれを一つずつ検討してみる。

① まずは、誰が書いたのかという問題については、宇野田によると、このテクストは当時の『ヂンダレ』を金時鐘と共に牽引していた洪宗根によるとのことであり、それを信じれば、ひとまず「誰が」の問題は解消したようにも思える。

② 但し、このテクストは「主張」欄に掲載されていることから、『ヂンダレ』中核の総意とみなすべきだろう。さらには、この号は編集と発行人が共に金時鐘となっており、その雑誌の巻頭に置かれたこのテクストの責任は、金時鐘にも相当部分があるだろう。したがって、責任の所在に関しても、少なくとも形式上は何一つ不明なことはなさそうである。

③ 『ヂンダレ』の基本的な志向性とこの主張との関連はどうなっているのか。例えば、他ならぬ『ヂンダレ』の創刊号には林和を絶賛する文章が、創刊メンバーかつ日本共産党党員で、後々までも『ヂンダレ』の核心メンバーであった宋益俊によって書かれており、それとの関連、つまり整合

性はどうなっていたのだろうか。これについては、創刊号の宋益俊の文章もこの「主張」も、もっぱら党派の方針に沿ってそれに奉仕する物書きだけが詩人の栄誉を与えられという原則においては、何ら変わりがない。したがって、状況の変化が生じたにすぎないことになる。つまり、一個の文学者を同志とみなすか敵とみなすかの判断を、党派もしくは権力者が変えたのである。

④　但し、そこで表明された意志がはたして雑誌中枢の総意だったのか否かということに関しては、曖昧さが残る。金時鐘は後に、そのテクストについて当時から違和感を持っていたことを自ら示唆している。つまり雑誌の中枢部で意見の対立とまではいかなくても、この記事の内容に関しての立場は一枚岩でなかったと思われる。

⑤　そこで、どのような事情で書かれたのか、そしてそれをどのように『ヂンダレ』の中に位置づけて読むことができるのかという問題が浮上する。これははたして『ヂンダレ』、或いはその指導部総体の掛け値なしの自己主張なのか、或いは、党派内に既に対立の徴候があったのか。後者だとすれば、対立する両派の一方である洪宗根を党派が押し立て、その反対派である金時鐘は不承不承、それを受け入れたということなのか。つまり、『ヂンダレ』内部での妥協の産物、金時鐘からすれば、党派内における一種のアリバイ証明として、受け入れたということなのか。

⑥　さらに疑問を呈すれば、これほど激烈な主張を根拠づけるほどに、『ヂンダレ』の人々は林和の作品を読んでいたのだろうか。というよりも、それを読めるほどの言語能力（朝鮮語のこと）を備えていたのだろうか。その能力を備えていた者は限られていたに違いなく、その筆頭としては金

時鐘その他の中核メンバーが挙げられるだろう。その一方で、その他大勢は読めなかったのではないだろうか。雑誌の随所で垣間見える彼ら彼女らの朝鮮語のレベルを見れば、一般の事務文書や常套句の堆積に過ぎない文章くらいは読めても、文学作品を読んでそれを解釈できるほどのレベルには達していなかったと推察できる。

以上のように、総体としてもあいまいな部分が多く、とりわけ最も重要な問いである⑤と⑥などは、問いがさらなる問いを誘発するばかりで、まともな答えなど何一つ導き出せそうにない。しかし、ほぼ確実なことが幾つかある。先ず、このテクストには文学を政治と拮抗・対立するものとして位置づける発想の片鱗さえも窺えないことである。次いでは、作品をまともに読まないで、もっぱら特定の政治的判断によって、作品ばかりかその作者である文学者を断罪するほどの、ほとんど盲目的な党派的集団だったと言われても仕方がない側面を有していたことである。

さらに言えば、この「林和断罪」は、後の金時鐘グループを断罪する党派の論理とほぼ同型である。したがって、内心はどうであれ、形式上はそれに加担した金時鐘は、後の自らの組織への反逆、そしてその結果としての組織からの断罪を、自らの論理的帰結、もしくは政治的行動の帰結として引き受けざるを得ない、ということにもなりかねない。

但し、以上は静態的論理に過ぎない。というのも、状況の変化、つまり在日の民族組織の編成替えという外部状況の変化、そしてそれに加えて、金時鐘の政治観、文学観の変化が考慮されていない。時間の経過につれての変化など誰にだってあるもので、その変化を一貫性の欠如、節操の欠如と言ったように否定的に見る必要などないのだが、一般的には当事者は変化よりも一貫性を主張することが多く、金時鐘もその例に漏れない。

例えば「ノンはノン」(『別冊』七八頁)のように、金時鐘はしばしば、自らの生の一貫性を強く主張しており、それ自体は個人の理屈や心情として理解できなくはないが、テクストやその人物に関して論じる際には、相当に慎重な検討が必須だろう。いかなるテクストであれ、証言であれ、それらを特定の時代や状況に位置付けたうえで、それらの具体的な変遷を辿って検証する必要がある。『前期』と『後期』をいったん区分けして論じている所以でもある[3]。

(3) サークル詩誌としての『前期』の二つの主体

さて、既述のように、『ヂンダレ』はサークル詩誌であった。一九五〇年代の日本で雨後の筍のように生まれた諸種のサークル運動の一つがサークル詩誌の運動で、日本共産党の政治的戦略に基づく文化運動の一環であり、その政治戦略とは大衆の知的憧れ、知的な飢えに訴えて、大衆の生活改善に始まる政治運動へと導くことを目的としていた。『ヂンダレ』もまた、その対象が在日朝鮮人という意味では他のそれらとは異なっていたが、少なくとも当初は、その一翼をなすものであった。しかしその後、在日の左翼運動の編成替え、さらには政治的方針の変更の余波を受けて、内部と外部との齟齬・軋轢、そしてそれに伴っての内部における軋轢が深刻化し、ついには解体の路を歩む。他のあまたのサークル運動の多くもまた、政治運動の変転の直接的な影響を被ると同時に、サークル自体の生命力という問題もあって、ほぼ似た変遷を辿ることになる。

ところで、そうしたサークル運動の主体とはどのようなものだったのだろうか。組織者と被組織者とがいた。そしてその組織者内部で、政治的方針の余波で政治路線、文学観の対立が起こり、その一部である金時鐘などが文学の孤塁を守ったとして、『ヂンダレ』に関する議論は往々にしてそこに集中しがちで、その他大勢組、つまり「アジ」に乗って参加したものの、その後の組織的な軋轢の余波で消え去った人々への視点はほとんど見られない。

『ヂンダレ』に何らかの形で参加しながらも一度も、或いは一度か二度くらいしか詩を書かないままに、または、一定の詩的達成に至りながらも、後には政治組織の指示によって、或いは、自らの政治的選択によって、そこから抜けて行った人々の存在の意味が問われるべきである。彼ら彼女らは、何を求めてそこに参加し、何故そこから抜けて行ったのか。

因みに『ヂンダレ』の最盛期の会員は四〇名ほど、発行部数は八〇〇部ほどだったらしいが、最終的には金時鐘以外では前期末から参加した鄭仁と、最終期になってやっと参加した梁石日の三名しか残らなかった。つまり、圧倒的多数を占める人々は脱落した。数的にマジョリティーだから重要などと一概には言えないが、そうした圧倒的マジョリティーに対する視点を欠いて、繰り返しサークル誌を標榜していた『ヂンダレ』のとりわけ『前期』を論ずるわけにはいくまい。

ところが、彼ら彼女らが何故に参加したかについては、「詩はメシ」に対する感動的な共鳴の手紙や、詩作品の投稿が誌上で紹介されているのに対して、何故に脱落したかを説明するようなテクストはほとんど残されていない。その結果、何故に参加し、どのような経緯と理由で脱落するに至ったかを、当事者の内面に即して明らかにするのは極めて難しい[4]。

しかしながら、ひとたびそうした観点に立って『前期』を眺めると、そうした言わば「もの言わぬ人々」の声がまったく見られないということでもない。ただし、その人たち自身の直接話法による語りではなく、「詩はメシ」を筆頭にして、彼らを糾合し、指導していた金時鐘の激励や諭しや叱咤、そしてそこに浮かび上がってくる金時鐘の焦り、さらには絶望の叫びのような間接話法で、その「物言わぬ人々」の様子の断片が窺われる。

因みに、「もの言わぬ人」とは、まったくものを言わない人ということではない。何らかの発言を行ったり、テクストを残している人たちであっても、『ヂンダレ』において指導層と対等の関係を結んで、議論し、その痕跡を残すということがありえなかった人のことである。つまりは、中枢に対して下位に位置し、その他大勢として扱われ、それに甘んじていた人々のことである。これについては既述の「詩はメシ」に関する筆者の分析とも密接に関連しており、後にも詳述することになるであろう。

そこで、主に金時鐘のテクストという迂回路をたどって、金時鐘のような指導部と、そうした人たちからすれば客体に過ぎなくても、それなりに『ヂンダレ』の一翼となっていたはずの人々との関係から、「物言わぬ人々」の様子を窺ってみたい。それこそがサークル詩誌、つまり運動体としての『前期』の実像に近づく一つの道と考えるからである。

3　金時鐘における『前期』

金時鐘は創刊から廃刊まで『ヂンダレ』の中心人物であったが、特にこの『前期』にあっては、「八面六臂」（細見の形容）の活躍をする。八号までは編集人と発行人を兼ねて、雑誌の主張、作品としての詩（複数の名前を用いていたことが既に明らかとなっているが、さらにはその他にも彼のものと思しきテクストが複数ある）、そして「後記」などで誌面の多くを占めている。それに加えて、新たな会員を求めての行脚、折々の会員との接触、さらには、投稿作品の添削どころか原稿の書き方の指導までも引き受けていたらしい。そんなわけで、極端な言い方をすれば、この『前期』にあっては『ヂンダレ』という雑誌自体が彼の作品といった趣さえある。例えば、彼の詩作品に限ってみても、それらは彼の文学的な志向性の産物と言うよりも、彼が志向する『ヂンダレ』的な詩のモデルを提示して、人々を鼓舞し、書かせるための作業という側面を備えている。

そこで、先ずはこの時期の彼の詩作品、次いでは、彼が懸命に取り組んでいた編集人としての雑多なテクスト群を対象にして、そこに見られる「彼の作品としての雑誌」と彼自身との関係について論じることにする。そこに垣間見られる彼の姿と、前節の後半で触れた「その他大勢」との関係を探るためである。

さて、この時期に金時鐘は自ら、詩人としての作品の発表の舞台を『ヂンダレ』に求めていなかった、と後に語っているのだが、それでいながら多くの詩を発表している。

そしてその詩群は、さすがに党派的サークル誌ということもあり、テーマに限れば、他の会員たちの詩群との同質性が明白である。日本の社会の問題と在日の生活実態に対する告発、「祖国＝朝鮮半島北半部の共和国」の理想化、在日と祖国の連関性、在日、日本、そしてアジア、さらにはアメリカといった支配体制の国際的連関、それに対応して闘う人民の国際的連帯といったテーマ群である。ただし、それは結果としての同質性なのではなく、先にも触れたように、金時鐘は自ら特定のテーマ、それも『ヂンダレ』の政治的、思想的な志向性に則った模範的な詩を提示して、そのラインに沿って人々を創作に掻き立てようと努めていたという側面があり、その意味では、金時鐘自らの指導・牽引によってもたらされた必然的な同質性なのである。

ところが、そうした模範演技的な作品であっても、詩的達成という点から言えば、金時鐘のそれはさすがに突出している。(5)

そこで以下では、『前期』における彼の突出した詩の個々を簡略にたどって見る。

建軍節特集と銘打たれた創刊号の「朝の映像―二月八日を讃う―」は、「ああ、血に飢えた野獣よ、いずこ」という詩句が大書されるなど、典型的な闘争詩である。払暁の静寂の中で屹立する一人の人民軍兵士の姿に、集団的意志を担った個人の主体性が鮮やかに刻みこまれており、あざとく大書された詩句は、その兵士の胸に刻み込まれた人民の意志というわけなのだが、その個体を凝視する視線が読む者の五感に強く訴えかけてくる。

それを例えば、その直前に掲載されている権東沢（権敬沢）の詩「望郷」と比較してみる。権敬沢は既に述べたように、『ヂンダレ』以前に一定の詩作経験があるばかりか、『ヂンダレ』にあっても恒常的に作品を発表し続ける代表的な詩人の一人なのだが、その「望郷」はいかにも日本的情緒を漂わせた文語調の詩語とリズムで、まだ見ぬ祖国への憧憬を歌うにとどまり、金時鐘の先に触れた詩とは、詩法においても、それを支える感受性や思想のレベルにおいても、甚だしい距離がある。

ついで二号の「スターリンのみたまに—消えた星」、人民が亡きスターリンの意志を受け継ぐ様を描くといった、これまた明らかな党派的な詩である。しかし、「星が墜ちた」のリフレインが効果的に使われた後に、「いや空高く墜ちた」といったように、下降運動が上昇運動に一気に反転し、しかも、下に位置する人民の胸が上から墜ちてくる星を受け止めるほどの容量を備えたものとして描かれる。下から上へと巨大なエネルギーで革命へと向かうイメージを創造しており、言語と思考のダイナミズムが印象的である。

他方、同じく二号の林太洙名義の「第一回卒業生の皆さんえ《ママ》」では、上述の詩とはうって変って、いたって平易な言葉遣いと落ち着いたリズムで、在日の民族教育の現場における貧しくても希望に燃える子供たちの健気な姿を情愛豊かに讃え、それを理想の社会とされる「共和国」と一体化させることによって、子供たちのためにも民族解放運動に邁進する覚悟が記される。優れた詩などとはとうてい言えないが、サークル詩誌の教科書的な詩くらいの評価は許されるだろう。それに詩自体の良し悪しとは別に、金時鐘の現実生活と『ヂンダレ』集団の性格にまつわる資料的価値がある。例えば、金時鐘の民族学校での奮闘とその思いがストレートに表現されていそうだし、この種の教科書的な詩の後を追うように、優等生的な詩が特に女性たちによって次々に書かれているのを見れば、『ヂンダレ』における金時鐘の影響力がよく分かる。

三号の「開票」では、政治的有効性としては甚ださささやかな一票であっても、その有効性の微小さとそこに込められた人民の想いの重さと深さとの著しい不均衡、そして、そうしたささやかな政治行動からも排除された在日のうちに蓄積された熱く重い想いとのさらなる不均衡が生み出す想像上の巨大なエネルギーが、原爆の核エネルギーのイメージに重ねられて、地殻（世界）の転覆を想像させる。これまた見事な闘争詩と言えるだろう。

四号の朗読詩「降りつづく雨に」もまた、上述の「開票」と良く似た構造を備えている。長雨による災害被害はブルジョア、警察、日本政府、そしてその背後のアメリカといった国際的な支配構造の矛盾を露呈する一方で、そうした災害をもたらした河の氾濫は人民の闘争のエネルギーと重ねられて、支配構造を転覆させる革命的反乱を想起させる。

同じく四号の「タロー」では、糞にまみれることにすっかり慣れてしまい、何事にも不満や怒りを感じなくなってしまった犬に仮託して、在日など下層の人民の負け犬根性を厳しく批判、叱咤している。動物に仮託して、或いは変身して言葉を紡ぐのは、金時鐘の詩作品の大きな特徴の一つなのだが、ここでも既にその片鱗が見て取れるし、スカトロジックな傾向もまた明らかである。

五号の「日本の判決―松川事件の最終日に寄せて―」では、個人の肉感的描写が、ややもすれば抽象的になりがちな大きな歴史のリアリティーを保証し、その大きな歴史に対する個人の主体的責任がクローズアップされる。また「斉藤金作の死に」では、どぶと死骸が物量感をもって表現され、「どぶとしての日本」をくっきりと浮かびあがらせる。さらには、「一九五三年一二月二二日」では、判決前の一瞬、そして裁判官という一個の人間に凝縮した世界の帰趨が、緊張感を湛えて現前する。ついでに言えば、以上の松川事件関連の三篇の詩には、日朝連帯などの政治用語などは全く使われていないのだが、日本に住み、日本の問題の直接的な影響を受ける民衆の一員としての在日の、民族的帰属などを超越した強い関心と強い眼差しが感じられるという点で共通項がある。さらには、「朝の映像」に関しても述べたように、集団の歴史や生活や思考や感情が濃縮された個体、そしてそれを凝視するこれまた集団を凝縮した個体の感度の高い視線と言葉、それらの総合が極めて高い緊張感を湛える。

六号の「年の瀬」中の「プレスに食われたと云う親指のあとが……くろく僕に迫っていた」「真昼」中の「思念に絡まれた、暑さの中に、重たい大きな女の腹が」などでは、在日生活のディテールの物質感、肉体性の描写だけでも優れた詩的表現に至っており、それらの現実が詩人に厳しい思考と行動を迫る様が詩句に確実に刻み込まれている。

七号の林太洙名義の「夢みたいなこと」では、夢を捨てられない青年の孤独、煩悶が素直な日常語で描かれているのだが、当時の金時鐘は林太洙名義の詩では、思想性、政治性が凝縮された感のある金時鐘名義の詩とは違って、作者と等身大の存在の日常を柔らかな日常語によって表現する実験を行っていたのかもしれない。

同じ七号の金時鐘名義の「新聞記事より」では、「死んだとさ、……死んだとさ」のリフレインにも明らかな平易な語りのスタイルで、日本からはるか遠く離れたパリの片隅の一人の母の自殺記事から、「新聞をかえしたら、日本国が住みついていたよ」と手近な現実へとたちまちのうちに場面が転換して、全世界の同時代的な階級的支配がもたらす悲劇が告発されている。

八号の「処分法」では、「焼けた死体は黒焦げだったのに、時代は生のまま殺しさっていった」のように視点の反転、重層性によって、被害者の具体性が時代の政治性を照射し、残されたものの主体的責任が問われる。そのうえ、「私は以前にも、このような弔いを知っている」といったように、世界における殺戮の歴史の反復が、作者である「私」の個人的な記憶として刻まれるのだが、その「私」は、作者個人という限定を超えて、あらゆる個人の歴史の記憶として感受される。

九号の「知識」では、人間の肉体描写にあたっての物理的、科学的な抽象用語の集積が、逆に不思議なリアリティーを醸し出し、原爆、水爆の残酷さを彷彿とさせる。また同号の「知られざる死に──南の島──」では、「ビキニ島は　余りにも　東洋に近く／余りにもアメリカに　遠い」と、通常の遠近法を、被害者や被抑圧者たちの立場から転倒させて、連帯の根拠が提示される。

さらに、同じく九号の「たしかに　そういう　目がある」では、殺虫剤で死にゆく蚊、殺虫剤をまいた張本人でありながらその断末魔の蚊を見つめる己、その背後からそんな己を見つめる眼といったように、虐殺される原爆の被害者、その原爆を投下するアメリカ、その背後でそれを見つめる世界の人民、といった隠喩的な構造を備えているのだが、そうした現実的な対応関係を離れても、世界の重層性、その網目に絡め取られた己、そしてそれを見つめるもう一つの自己の眼といったように、厳しい自己認識と世界観とが窺われる。

以上のように、この雑誌に対して、自らの文学的営為とは距離のある関わり方をしていたと本人が証言していても、それなりの詩的達成に至ったものが少なからずあり、後には彼の第一詩集、第二詩集に繰り込まれることになる。金時鐘にとって、政治党派の上部から指示された政治運動的なテクストも、ほとんど必然のようにして詩的達成となる。というより、彼の詩的世界は政治もしくは民衆運動と切り離せないことがよく分かる。

『前期』の政治的であると同時に文学的な苦闘は、詩人としての金時鐘にとってもそれなりの実りをもたらしており、断じて徒労などではなかった。

次いでは、指導者・組織者としての金時鐘のテクストを追ってみる。その代表とみなせる「詩はメシ」については既に詳細に論じたので、それ以外の編集者、指導者としてのテクスト群である。それに加えて、金時鐘が相当に意を用いたであろう雑誌の構成、具体的に言えば、特集、外部の詩や詩論の掲載、外部の人の『ヂンダレ』評価の掲載、研究会のテクストなど、多様な工夫も対象となる。例えば特集としては次のようなものがあり、政治党派にとっての折々の政治的イシューを受けて、『ヂンダレ』の指導層がそれを文化戦略に翻訳し、一般大衆を糾合しようとする志向が如実に反映されている。建軍節特集（一号）、生活の歌特集（三号）、六月詩集　停戦までの作品（四号）、女性詩集（五号）、松川事件を歌う（五号）、水爆特集（八号）である。

ただし、以上の特集も含めた誌面構成などについては、例え金時鐘が主導したとしても、創刊メンバーを中心とした組織的な決定・運営なので、その責任や成果をもっぱら金時鐘一人に帰すわけにはいかない。それにまた「後記」も「時鐘」のような署名入りであったとしても、同じような配慮があってしかるべきだろう。しかし、そうしたことに関する責任の細かな区分けなどは、それを確実に証する資料は望めないので、その種の議論には立ち入らない。

そこでともかくは、金時鐘名義あるいは彼のものとされている雑多な時事的テクスト群と、その他の誌面構成の工夫などを、順を追ってたどって見る。

創刊号の「後記」では、「素人らが素人の本を出して、素人の本が素人を呼び、素人が素人を増やしていく」といった形で、清新な抱負を示し、会員を激励すると共に非会員を誘う。二号の「後記」では、同号に掲載された獄中詩に対して、「その詩の優劣は別として……同志よ、歌を高めよ」と、政治的基準を優先しながらも、文学的基準をそれなりに尊重する姿勢からの留保を含めて激励、叱咤を行う。

三号では「九名が三〇名になった」と会員数の「誇大」広告（複数のペンネームを使っていた会員が複数いたのに、それらもすべて総数に含まれている）によって会員への激励、そして一般読者の誘い込みがなされる。次いでは、詩人については「大衆運動の工作者、魂の技術者」と、当時の左翼的文学観のステロタイプがなぞられる一方で、会員に詩の勉強を促すために、草津信男による一号と二号に対する批評文「概念から生活へ」が掲載される。

四号の「後記」では、「会員の努力不足」という批判、叱咤が「私たちは、率直に大衆の前にお詫びをすべきである」といった形で発せられ、「詩を書く以上に、行動による詩」と政治運動、革命運動の優先、つまり詩の政治への服従が唱えられる。

五号の「後記」でもまた、「会員の努力不足、四〇名の会員中一〇名しか投稿しない、努力不足」「手放しで歌わせてきた編集部の責任」などと二重の意味での厳しい批判が繰り出される。と言うのも、「編集部の責任」というのは自己批判のようでいて、実は「歌わせてきた」というように指導者意識を露骨に示しながらの会員への叱咤というべきだろう。その一方では、小野十三郎からの、金希求の「鶴橋駅」を評価すると同時に金時鐘への期待も記された「葉書」が紹介され、会員を鼓舞する。

そして、五号での「努力不足」という批判の延長上で、次号の六号では、宮沢賢治の「雲の信号」を冒頭に掲載して詩の勉強を促す。

さらに同じ六号の「正しい理解のために」では、同人誌ではなくサークル詩誌という立場を改めて明示したうえで、それまでの詩作品群の問題、たとえば、祖国を意識しすぎ、概念的、公式主義的といったように批判点が整理される。そのうえで、会員同士の相互批判に見られる教条性がノンポリを怖気づかせた、として文学批評の基準についての議論を展開する。なお、同号の「後記」は、「とくとごらん下さいませ……若しも生き抜いてつぼみが開いたら……」などと戯作調で、会員に対する失望の気配も感じられる。

続く七号では、作者不詳なのだが、宇野田が金時鐘作と見なしている「文団連結成をわれわれのものに」において、上意下達の組織批判と合わせて、下から上に積み重ねていく組織論が提示される。そして「後記」では「力量の限界、感覚だけでは埒が明かない」といった具合に、ほとんど絶望を思わせる叱咤がなされる。

八号では主張「集団の歩む道」で、『ヂンダレ』の問題を三点にまとめて指摘する。①詩を愛好するが政治的立場を堅持。②大衆の要求と乖離した現状に対する批判。③大衆の戦いを高め、励ますものかどうかが詩の基準とされる。また「後記」では、かつての建軍節特集が概念的過ぎたという反省に立って特集の方向性を模索し、一人一作の投稿が呼びかけられる。しかし、その呼びかけとは裏腹の徒労感を滲ませながら、「良い作品を期待するの余り、何も書かないようでは、少し虫がよすぎはしませんか」と怒りとも挑発とも受け取れそうなセリフを発したあげくに、編集長交替が告知される。しかしその一方で、壺井栄「詩の言葉について」を掲載し、日常語と詩語の違い、詩人の現実に対する姿勢などを教え諭す。絶望の淵で踏みとどまっている感じである。

それ以降は金時鐘が編集人を降りた後なので本章にはそぐわないが、あえて参考までに付け足せば、九号では編集長を降りた代わりということなのか、或いは雑誌を理論的にリードする散文の代わりなのか、或いはまた、他の投稿数が足りないのか、金時鐘は転載も含めて五篇もの詩を投稿しており、編集者から実作者へと比重を移した感がある。

他方、金時鐘個人から雑誌総体に眼を転ずれば、朴実の「後記」はそれまでの金時鐘のそれとは打って変わって、会員に対する批判や叱咤などの気配もなく、実におとなしいものになっている。さらには一〇号に至ると、それまでは常にあった「主張」欄もなくなり、金時鐘の詩も一九五一年に書いたとする一篇だけ、さらに鄭仁による「後記」も、既に触れたように、いかにも自信なさげで、もちろん叱咤の余裕などあるはずもなく、これまた型通りのものとなっている。しかも、この号の投稿欄には、文語調でステロタイプの日本的情緒が謳いあげられた詩「望郷」（朴相洪）、さらには、気取りと逃げ口上とが二重化した「即興詩」と銘打たれた文語調の詩「ほしきもの」（金武七）など、それまでの金時鐘の努力の徒労を証明するような作品が並び、前途を切り開く気概といったものもまったく感じられず、『ヂンダレ』そのものが立ち消えになる気配すら漂わせる。

以上のように、八号から一〇号に至ると、『前期』における金時鐘の懸命な努力がすっかり暗礁に乗り上げたことを、誰よりも金時鐘自身が痛感していたように思われるのだが、そうした筆者の「物語」についてはいくつかの留保が必要だろう。

先ずは、筆者がとりあえず「徒労感、絶望」と分析している部分についての留保である。「後記」には失望だけが強調されているわけではなく、常に批判、叱咤、激励、そして詩の勉強の督励、大衆の意志の汲み上げに向けての努力が推奨されるばかりか、誌面で随時にそのための資料も提供されている。したがって、これまでに述べてきた筆者の「失望物語」は誇張が過ぎるように思われるかもしれない。しかし、『ヂンダレ』における金時鐘の圧倒的な位置を考えると、当時の会員にとって、金時鐘の言葉の重み、特に批判はすこぶる強烈かつ重いもので、時には、見捨てられた、という感じを抱いても当然と思われそうなものだった。詩を書きたいし、書かねばならない、それも金時鐘が推奨するようなレベルの詩を願いながら、おずおずと書いては金時鐘の反応としての「後記」の片言隻句《へんげんせきく》に一喜一憂していた人々、そうした人々の心の中を想像しながらの「後記」の分析の試みなのである。

ところが、当時の会員と指導者たる金時鐘との同志的結合は、「歯に衣着せぬ物言い」も許容するようなものだったかもしれず、筆者としてはその可能性も脳裏に置きながら、金時鐘の苦闘と徒労感の方に比重を置いて議論を展開してきたし、今後もそれは変わらない。

次いでは、「行き詰まり」に関する他のサークル詩誌一般と『ヂンダレ』との同質性、異質性の問題がある。当時、日本全国で夥しく創刊されたサークル詩誌でもほとんど例外がないほどに、この種の「行き詰まり現象」が見られ、これは決して『ヂンダレ』特有のものではなかった。しかし、それらの「行き詰まり」に関して誌面で複数の声による討議がされ、それなりに集団が共有する問題という形が保障される場合もあった。それに対し、『ヂンダレ』では、少なくとも誌面でそれに言及するのは、ほぼ、圧倒的な指導者としての金時鐘という単一の声によるもので、その意味では、少しばかり特殊な例に属するものと思われるので、そこに焦点を絞った議論を続けている。要するに『ヂンダレ』における金時鐘の特権的位置が、金時鐘にことさらに徒労感を強いたのではないか。そして最後に、その苦闘がはたして徒労であったのかどうかは、むしろ『後期』において明らかになるはずのものである。さらに言えば、先にも触れたことと重なるが、その徒労感、絶望といったものはあくまで金時鐘から見たそれであり、『前期』の実態の正確な把握に基づいたものかどうかは疑わしい。

というのも、金時鐘の繰り返しの叱咤、それと一体となった徒労感を思わせるテクストにも関わらず、『前期』にはそれなりの成果が少なくなく、そのことは既に『前期』の詩的達成として触れたとおりなのである。例えば『ヂンダレ』以前には詩など書いたことがないという洪宗根でさえも、教条的な側面は拭えなくても、或いは、そうだからこそなのかもしれないが、『ヂンダレ』の志向性に沿った一定水準の詩を継続的に発表している。それに、これは『後期』になってのことだが、金時鐘の第一詩集『地平線』に関して相当に深い理解を示したうえで厳しい批判を展開する。つまり、『ヂンダレ』では傑出した詩人であり批評家である金時鐘を向こうに回して、政治主義的な色が濃厚でありながらも、それなりの文学的議論を展開するに至っている。

その他にも『前期』には実に多種多様な詩人の萌芽や成長がみられ、「素人の雑誌」としてはそれなりの成果を生み出しているという事実を否定しがたい。それにも関わらず、金時鐘にとっては十分でなかった。それほどに金時鐘の期待、抱負が大きかったのだろう。しかも、そうした期待と現実の落差は、金時鐘の様々な意味での圧倒的な優位性に起因する部分が少なくなかった。金時鐘の「後記」に頻繁に顔を覗かせる「上から目線」の物言いがそれを露呈している。

金時鐘は自らの優位性を相当に意識し、そしてそれを一方ではフルに活用しながらも、他方では、自分自身の『ヂンダレ』における位置については一面的な理解しかしていなかったふしもある。

例えば、会員たちの厳しすぎる相互批判が創作意欲を減退させたと注意を喚起するのだが、それらの厳しい批判の一部が、金時鐘自身のそれを真似てなされていたかもしれない可能性には、思いが至らない。

それにまた、トップダウンではなく下から積み上げていくという組織論に関しても、そうした組織論を金時鐘が標榜し、そのために懸命の努力をしていたことは疑いを容れないのだが、実は『ヂンダレ』の内部にあって、「上」とは圧倒的な優位性を誇る自分自身を含んだものに他ならず、その「上」である自分と「下」である素人集団との間にはほとんど生来的で越えがたい位階関係があったことも想像の埒外にあったようなのだ。

さらに言えば、そうした金時鐘と『ヂンダレ』の一般会員との齟齬には、生活感覚の違いも大きく作用していた可能性がある。金時鐘は組織の専従活動家である。そしてまた、家族を済州に残して命からがら逃げてきた単身者である。彼の在日生活は、少なくとも彼自身の目論見においては、あくまで一時的なものということもあって、将来的な家族単位での生活設計などは全く計算外で、思想、闘争、そして文学がすべてだった。それに対し、一般会員たちは労働し、家族の面倒をみるなど、生活の傍ら運動にも励み、さらには「詩」も書こうとしていた。そうした生活感覚、そして日常と思想、政治、そして文学の比重の圧倒的な非対称性というものが、様々な局面で露呈するのもごく当然のことだった。

最後に付け加えれば、現代の筆者のような感覚からすれば、「上から目線」としか感じられない金時鐘の物言いも、当時の彼の奮闘ぶり、そして「同志的感覚」、さらには指導者としての責任感といったことからすれば、必然的で致し方ないものとして受け入れられていたのかもしれない。しかしともかく、金時鐘の特に「後記」に窺われる徒労感は、笛を吹けば踊ってくれはするが、その踊りが笛のメロディーやリズムとはちぐはぐすぎて、まるで「踊っていない」ようにしか見えない人々に対する、笛吹き手である金時鐘の一人相撲の感も否めないのである。

4　金時鐘の〈在日二世騙り〉

さて本節では、前節とは少し視点をずらして、金時鐘の詩語その他に見られる〈一世性〉、そして彼の戦略的な〈二世騙り〉という角度から、彼のテクストの政治的かつ文学的運動論の側面、さらにはそれと密接に繋がる詩的想像力について考えてみる。

なお、以下では、既に随所で言及してきた、筆者の大阪で生まれ育った在日二世的バイアスを積極的に活用して想像を逞しくする。また、『前期』の焦点化という本論の枠を超えて、『後期』に関わる問題群にも敢えて踏み込む部分が多くなりそうなので、そのあたりも予めご了解いただきたい。

現在では、金時鐘が戦後渡日の一世であることは広く知られているようなのだが、『ヂンダレ』においては、金時鐘は自らを二世に擬してテクストを紡いでいた。ところが、彼が紛れもない一世であるという事実が、雑誌の随所で露呈していた。そこで、そうした〈一世性〉の具体例を取り上げ、金時鐘自身と『ヂンダレ』におけるその意味を考えたうえで、彼の〈二世騙り〉についての議論に入る

先ずは語彙、用語、語り口における一世的徴候として三号の扉詩（宇野田によれば金時鐘の作とされている）「ひぐらしの歌」中の「焼いちゃったんだ」のような東京弁がある。標準語ではなく、あくまで東京弁であり、しかも、それが実際に東京弁かどうかは問題ではなく、大阪の人間には「東京弁」と感じられたであろう言葉の使用のことなのだが、それがなぜ一世的なのかについては詳しい説明が必要だろう。

金時鐘は四・三事件の渦中に済州から密航で日本にたどり着き、大阪の在日集住地域、つまり済州語と大阪弁とが混交した言語環境に身をおいて暮らすようになった。それは『ヂンダレ』の会員や読者の多くが、そして大阪の在日二世、三世の多くが生まれ育った環境でもあった。

そこで、大阪で生まれ育った在日二世である筆者の経験的信憑の出番となる。筆者の知る限り、そうした大阪の在日を含んだ庶民の世界では、先に述べたような東京弁の使用は歓迎されるどころか、揶揄され、下手をすると〈仲間外れ〉の理由にもされかねないものだった。つまり、標準日本語はともかく、大阪の庶民的感覚で東京弁と思われそうな言語は、東京に対する憧憬と反発が絡ん

で、否定的シンボルとして回避される暗黙の言語コードがあった。

それなのに、言語にきわめて敏感な詩人金時鐘が、あっけらかんとそれを書き言葉に採用し、しかも詩に使用しているのは、生粋の大阪の在日とは違って、そうした言葉遣いにアレルギーがないだけでなく、周囲に厳然とあったそうした暗黙のコードを知らなかったからなのだろう。そのように東京弁に対するアレルギーがなく、大阪の在日社会の話し言葉における暗黙のコードについても無知なこと、さらにはそれを書き言葉として記せるほどにブッキッシュな教養を備えた人という二重、三重の意味で、『ヂンダレ』のマジョリティーである青年たちにとって、金時鐘は〈外部〉の人であった。

言い換えれば、金時鐘の東京弁使用は、『ヂンダレ』関係の人々を含めた当時の在日の二世以降の世代にとっては、一世的、それも相当に特殊な一世的痕跡と見なされていたはずである。

「特殊な」というのは、それが生活世界で習得されたものではなく、ブッキッシュな由来を持っていたことを言う。実際、金時鐘は済州での幼少年時代には、日本の文学全集などが家に取り揃えてあり、父親は日本の新聞を取り寄せて読んでいたという当人の証言もある。一世の中でも極めて特殊なそうした環境が、彼の東京弁その他の言葉遣いに現れていたのだろう。そしてそんなことは、『ヂンダレ』の他の会員たちには手の届かない文化資産にほかならず、そうした特権的な文化資産をほとんど意識しないままに、あっけらかんと活用した言葉遣いは、その周囲に集っていた在日の青年たちにとっては、別格に異様に映り、それがまた金時鐘のカリスマ性を高めるといったこともあっただろう。

それと言うのも、その言葉遣いの異様さを本人に指摘するとか、そのことでもって金時鐘を仲間外れにするような声が『ヂンダレ』内部で発せられた気配などまったくないからである。そして、『ヂンダレ』ばかりか、大阪の在日朝鮮人運動圏における金時鐘のカリスマ性（様々な優位性）を考えると、そうしたことを口にできる者などいなかったのだろう。但し、筆者が知る限りで唯一の例外は梁石日であり、彼が金時権の言葉遣いを面前で揶揄する口ぶりは、詩を含めての文学的な先達としての絶対的な尊敬を前提にして、むしろその兄貴分に〈じゃれている〉感じで、他方、金時鐘はその梁石日の〈突っ込み〉を持て余しながらも、そのことを喜んでいるふうで、そうした関係が金時鐘にあっては多くないからこそ貴重な、心を許しあった先輩後輩、或いは兄弟といった様子なのである。

このように、普通なら大阪の在日二世の世界では否定的に扱われそうな要素でさえも、金時鐘の場合はむしろ、一世的、文学的、知的カリスマ性を増幅した可能性が強い。しかも、一世でありながらも二世に寄り添った献身的な活動を目にすれば、金時鐘が一世であるという事実はむしろ、在日二世たちの彼に対する評価や共感を募らせたのだろう。

但し、先の金時鐘の東京弁使用については、もっと穿った見方も可能である。大阪の在日二世から見た様々な外部性を金時鐘が戦略的に活用していたという読み方もできなくはないのである。というのも、大阪の在日二世は東京への反感を口にしながらも、実は東京に憧れるといったアンビバレントなメンタリティを備えていることに気が付いた金時鐘が、それをカリカチュアライズして、批判的に道化て見せた、つまり、挑発もしくは諧謔と見なすことができそうな気もする。(6) しかしそれは、そうした東京弁が使用された詩作品のテクストの文脈からすれば、やはり強引すぎる解釈なので、その可能性は否定すべきだろう。つまり、金時鐘はほとんど無意識にそうした東京弁を使用していたと考えた方がよさそうである。

彼の日本語の知識は、彼が幼い頃から慣れ親しんだ日本語文学や植民地時代の学校教育を糧にしたもので、彼が暮らしていた済州や大阪の日常の生活言語とは別ルートの由来を備えていたからこそ、そうしたことがありえたのだろう。繰り返しになるが、彼のそうした東京弁の使用は、一世でも特殊な、或いは特権的な文化・教育的資産の賜物なのである。

因みに、六号の「年の瀬」中の、「なあに、……ありますまい」、七号の「新聞記事より」中の「……とさ」も上述したものと同類であろう。ところで「年の瀬」中の「正月とて、……なるだけの話でさ」の部分は、コンテクストからすれば、大阪の在日一世と推測される人物の大阪弁、或いは済州語、或いはその混交による語りだったものを、詩人がほとんど無意識に「東京弁」に翻訳していることになり、金時鐘と『ヂンダレ』のマジョリティーである大阪の在日二世たちとの様々な距離を示唆していそうである。

但し、誤解のないように付け足せば、文学表現に糞レアリズムを求めて、作中人物の言葉をそのまま表記すべきなどと馬鹿げたことを言っているわけではない。『ヂンダレ』に集った人々の集団的メンタリティに鑑みて、それらの言葉遣いを彼らがどのように感じたのか、それに対して作者である金時鐘の方はどのような意識構造、言語的感受性を備えていたのかについて、想像を逞しくしているに過ぎない。

金時鐘の詩における〈東京弁〉使用に続いて、もっと微妙な言葉遣いの問題に入りたいのだが、それに先立って、お断りしておくべきことがある。以下で上げる言葉遣いの異様さは、当時の『ヂンダレ』はガリ版印刷だったので、そのガリ切り担当者の誤記の可能性も十分にあるのだが、そのように断定する証拠もないので、とりあえずは、著者のテクストそのものであるかのように論じるしかない。しかし、やはり誤記の可能性も含んで理解していただくようにお願いしておきたい。

七号の林太洙作（金時鐘のもう一つのペンネーム）の「夢みたいなこと」中の「まだか」「もちあぐんでいる」、また「開票」中の「ごりがたまって」など、筆者には違和感をもたらす表記が少なからずある。「まだか」と「ごりがたまって」はコンテクストから考えて「またか」、そして「こりかたまって」の誤りだろう。但し、この誤りは個人的なものではなく、朝鮮語の干渉の可能性もある。

在日の話し言葉としての日本語に対する母語である朝鮮語の干渉として最も有名なものに、語頭の濁音をその通りに発音できないので、ゴジュッセン（五十銭）をコジュッセンと発音するような例がある。そしてそれが日本人による朝鮮人に対する揶揄を、次いでは差別を、さらに極端な場合には集団殺人を招いたという歴史もある。

ところが、ここではそうした常識とは正反対のことが起こっている。正しくは「こりかたまっている」が「ごりかたまっている」と語頭が濁音になっている。次いでの「またか」を「まだか」と表記しているのは、それとも少し違って、「また（再び）」と「まだ（いまだ）」の混交の可能性もあるのだが、敢えて穿って言えば、朝鮮語の干渉を警戒しすぎるがあまり、もともと濁音でないものを逆に濁音にしてしまった可能性もなくはない。

他方、最後の「もちあぐんでいる」は「もちあぐねている」の誤記か詩人の誤りではないかといったんは考えるのだが、それだけでは実際には何も解決したことにはならない。どういう意味なのか分からないままだからである。そこで、これまた詩のコンテクストから推測して、「持て余している」くらいの意味と考えて、やっと落ち着く。

以上のように、筆者に違和感をもたらす言葉遣いを一括して一世的と呼ぶのは短絡的と感じられるかもしれない。というのも、『ヂンダレ』の一般の会員、その多くが二世三世にあっては、その程度の「間違い」は日常茶飯事で、彼らの甚だ貧しい教育的バックグラウンドなどを考えれば、そんなことまで問題にしだすと詩どころではなくなってしまいかねないからである。

ところが、こと金時鐘に限っては、事情が異なる。彼ほどの文学的、かつ知的な日本語の素養を備えていた人の作品としては、やはり違和感が否めなく、相当に無理をしながら、それが一世的痕跡である可能性を言挙げしてみたにすぎない。

相当にややこしいことになったので、以上を少し整理してみる。単なる誤記という可能性を排除して言えば、次のようになる。「またか」を「まだか」とするのは、語頭ではないので理屈に合わないのだが、朝鮮語の干渉の変則、「こりかたまって」を「ごりがたまって」としているのも、干渉に対する過剰な懸念のために生じた転倒で、まさに一世に肉体化した言語の露呈の例。「もちあぐねている」は「持て余している」と「待ちあぐねている」の「間違った」合成語で、その意味は「持て余している」。

但し、ここでも念のために言えば、この種の議論は遊びのようなものである。単なる誤記と考えれば済むし、そうした「間違い」をあげつらうつもりなど筆者には毛頭なく、そういうところにも一世的痕跡が見つかるかもしれないと、冒険を試みているだけのことである。

次は、敬語表現の問題である。日本語の感覚からすれば異様な絶対最上級を用いた「母国朝鮮に捧ぐるの歌―ふところ、生きていて下さるであろうお母さまに寄せて」（四号所収）という詩がある。こうした敬語表現は、朝鮮半島の言語規範、文化規範を内面化している一世（或いはごく一部の二世）だからこそなのだろう。ただし、金時鐘が後に敵対し、そこから排除されることになる在日組織の熱心なメンバーなら、〈特定〉の対象に対してはそうした言葉遣いが規範となっていそうだが、そうした在日組織でもその種の言葉遣いがまだそれほど規範化されていなかった当時にあっては、それも組織内部に向けたものでなく、むしろ一般向けの詩の場合は、やはり異様さが拭えない。

では、金時鐘は無意識にそうした、日本語では異様に思えそうな言葉遣いをしたのであろうか。

少なくともこの場合には、そうではあるまい。この詩が後に彼の詩集にも収録されているのを見ると、本人はそこに自分の文学的世界が具現されていると自任していたのだろう。父母を済州に残して逃亡してきたという事情に由来する想い、そして彼の政治的志向性、さらには感覚的世界などが一体化したものとして、そうした言葉遣いを含めた詩作品に自らの詩的な達成を見出していたのだろう。要するに、日本語の読者には異様に感じられる言葉遣いであることを重々承知のうえで、それを用いたのではないか。そうした「祖国」特有の言葉遣いなしでは、表現できない内容という自覚があったからこそ、そうした感覚と密接につながった朝鮮語をほぼ直訳して用いたのだろう。しかも、この詩の内容は、二世ではなく、一世でないと書けないものという印象が強く、祖国における左右の闘いに参加した経験を持ち、しかも、今でも日本でその闘争を続けている在日の作品、まさに金時鐘の作品という印象である。

ことのついでに、詩の内容に関わる一世的痕跡に入ろう。

例えば、宇野田によると金時鐘作とされている五号の「秋の歌」中の、童心がとらえた「祖国」の秋の風景、唐辛子、ポプラ、柿、夕焼けの空など、まさに一世的原風景が淡々と、それでいながら情感を込めて繰り広げられる。詩人がそれほど力を込めて書いたとは思えないそうした詩においても、一方ではやたらと肩肘張っているかと思うと、他方では逆にやたらと感傷的な他の会員たちの「祖国」描写、それと比しての金時鐘の圧倒的な優位性が浮かび上がる。それだけに金時鐘の眼からすれば、他の会員の作品の概念性その他の欠陥、つまり詩的表現と感受性の双方における二世的な限界が大写しになっていただろう。

最後に、〈本物の朝鮮人〉という意味でも金時鐘は、おそらくは朝鮮人としては〈偽物〉という疎ましい自意識を抱え持っていた在日二・三世たちにとっては、〈外部〉の人だった。金時鐘は『ヂンダレ』も含む大阪の左翼的民族運動圏内の在日青年社会ではヒーローだったらしいが、その理由の一つは、彼の来歴、つまり戦後渡航、とりわけ悲惨な四・三事件の現場である済州からやってきた一世といったことも含まれていたはずである。金時鐘は自分のそうした来歴は秘密にして、ずいぶん後になってから「ようやく語りだした」ということに公式的にはされているようだが、筆者はそれよりはるか以前に、つまり、金時鐘という人物の存在を知った頃から既に、何故かしらそのことを知っていたような気がする。そんな筆者の例でも分かるように、金時鐘自身は隠しているつもりだったかもしれないが、その「秘密」はとりわけ、組織防衛の対策が必須の組織関係者には確実に伝わっていただろうし、組織などとは無関係の人であっても、彼の日本語を聞いて在日二世と信じるような大阪の在日はほとんどいなかったはずである。

例えば筆者は、一九八〇年代後半に金時鐘の講演を初めて聞いた際に、その日本語全体に非常に強い朝鮮語訛りが一貫していることに驚いた記憶がある。筆者の両親が話す日本語と比べての驚きだった。筆者の両親は一九四〇年ごろに済州から大阪にやってきた。済州でも日本でも学校経験など一度もなく、当然、朝鮮語も日本語も正式に習った経験など一度もなかった。それにも関わらず、筆者が物心ついた頃には、つまり渡日して一五年くらいの時点で既に、ほとんど訛りのない日本語を話していた。

それに対して、相当な教育経験があるだけでなく、皇国臣民少年として自らが進んで懸命に日本語をものにしようと努め、日本語こそは実質上の自分の母語のようなものだったと主張していそうな金時鐘が、紛れもない朝鮮語訛りの日本語を話すのを聞いて、二重に驚いたのである。『ヂンダレ』はそれから三〇年以上も遡る時期のことで、その頃、つまり金時鐘が大阪にやってきてまだ五年にも満たない『ヂンダレ』期の彼の朝鮮語訛りは、はるかに歴然としていたはずで、その言葉を聞いて、大阪の在日、とりわけ二世以降の世代が彼のことを自分たちと同じく日本で生まれ育った仲間などとは思わなかったはずである。

繰り返しになるが、以上のように、在日二世の世界においては一般的には異分子、それも否定的に働きかねない一世的な多様な要素も、金時鐘の場合にはむしろ、いろんな要素が絡み合って、優位性を募らせる要素として機能したのだろうと筆者は推察するし、後で紹介するが、本人自身がそのことを明確に証言している。

ところで金時鐘はその一方で、先にも触れたように、自ら〈二世を騙り〉、「二世的立場」からの論陣を張る。『前期』では、既に詳論したように、創刊号を飾った「詩はメシ」でもその気配があるのだが、三号の主張「三度六・二五をむかえて」ではとりわけ、それが明白である。

「わたしたちは日本で生まれ、日本で育ち、日本で生活している……私たちの詩は実践の中でしか生まれないという結論を導き出した。……日本国民に知らせせよう」

ここには在日二世の雑誌『ヂンダレ』という性格が明確に提示されており、一世である金時鐘は、二世を糾合するために、つまりは政治運動と文学運動の二重の要請から二世を騙る必要があったのだろう。

その意味では、金時鐘の政治的感覚やリーダーシップの片鱗が如実に現れているテクストなのだが、そこに見出せることは他にもいろいろとある。その一つが金時鐘の模倣能力、変身能力である。これは金時鐘の詩に顕著な要素なのだが、その片鱗がここにも見出せる。金時鐘の詩的想像力は、このように彼の極めて政治的な散文にも発揮されており、詩と散文という領域を超越した一貫した想像力や話法であることを推察させるのである。(7)

しかし、それだけでもなさそうである。というのも、もっぱらそうした政治的要請だけで〈騙り〉を行ったとすれば、当人としてはいくばくかの後ろめたさを禁じえなかっただろう。もっとも、当時にあっては、その程度の後ろめたさなど政治的要請を前にしては何の負担にもならなかったという考え方もできるのだが、金時鐘は政治的人間であると同時に詩人である。ものを書く人間はその種の後ろめたさのようなものを引きずるばかりか、それにこだわるからこそ文学テクストの創造が可能になるのだと見なして、そのまま議論を進める。

では、〈騙り〉の後ろめたさを補って余りある内発的理由とは何だったのか。

その一つは、在日二世の発見、そして、そのようにして発見された在日二世との同一化の衝動だったのだろう。

金時鐘は戦後渡航の在日一世だったが、日本での生活を経るうちに、自分の生活世界や政治世界に数多くいた在日に対する理解を深めた。しかも、彼が関係する同世代の青年男女の多くは在日二世だったはずだから、その二世三世たちに対する共感も育まれるのは、自然の経路であっただろう。しかし、何よりも、『ヂンダレ』の経験が、金時鐘に在日二世の思考、感情、そして生活への理解を深めさせ、それにつれて、そうした人々に対する自分の圧倒的な優位性に気づいたからこそ、その人々への共感、さらには同一化衝動が強くなったのではないだろうか。その形跡は彼のテクストの随所に見られる。例えば、七号掲載の国語作品欄の金千里の詩を見て、「在日二世」の「国語能力」に今さらのように、在日二世が強いられた文化的束縛や限界の深刻さを確認し、そうした人々への同情、共感といったものが深く刻まれたのではなかろうか。自分とはあまりにも異なるからこそ、ますます強まる共感と一体化の衝動。

但し、そうした衝動がいかに切実で真摯なものであれ、やはり少しは外発的な要素が残る。そこで、もっと内発的な何かが介在していたのではと、筆者はますます想像を逞しくする。例えば、詩人にとっての命ともいうべき言語の問題に関わる発見である。つまり、生活言語以上に文学表現として、自らの母語は日本語であるという発見である。それがあってこそ、一世である金時鐘と在日二世の表現者との間の異質性はほとんど無と化し、同志的結合が可能となる。

但し、日本語でしか表現できないという自覚、日本語で書けないくらいなら書く意味がなくなるという在日二世と、日本語で書くことはあくまで選択肢の一つだったからこそ、その選択に様々な意味づけを施す必要があった金時鐘との、微妙だが決定的なずれといったものも推察される。

例えば鄭仁にとって、日本語で書くことは所与あるいは運命的な束縛であり可能性であったのに対し、金時鐘にとっては、ひとまずは選択肢の一つとしてあったという違いがある。しかし、あくまで「ひとまずは」である。

金時鐘は、偶然に、しかも理想の社会主義祖国である北へ行くための仮の一時滞留地として、日本にやってきたと自ら語る。そしてそこで暮らすにはもちろん、日本語が必要となる。ただし、生活言語としてだけではなかった。生活だけのためということであれば、日本語は必ずしも必須のものではなかった。金時鐘の在日生活は大阪の在日コミュニティの枠内で営まれ、そこでは朝鮮語、さらには済州語でも十分に用を足せた。ところが、在日の二世たちと繋がるためには、日本語が必須だった。とりわけ、政治活動の必要からは、日本語で話し、書かねばならなかった。日本語で日本人に訴えなければならないからであるが、それだけではない。在日の二世以降の世代と繋がるには日本語が必須だった。以上のことが、筆者が言う「ひとまず」の意味するところである。しかし、実はそれだけではなかった。実は彼は日本に来てそれほどの歳月を経ないうちから、日本語で詩を書き始める。それは他律的な必要に駆られてのことではなかったはずである。偶然に日本に来たとは言うものの、日本語で書くということは彼の表現に関わる本質的な何かと関連していて、たまたま日本に来たという偶然は、こと表現に関して言えば、格好の条件。大層に言えば、彼にとって僥倖であった。

つまり、生活言語としては朝鮮語ネイティブであったはずの金時鐘にとっても、文学との出会いは、何よりも日本語のそれであり、彼の文学表現としては、朝鮮語よりも日本語が本質的であったのかもしれないのである。金時鐘にとっての日本語は、後に彼自身が様々な意味づけを施している以上に、彼にとって切実で本質的な思考と表現の道具、或いは彼の実存そのものに関わるものであったのかもしれない。そしてそうした事態こそが、彼が在日文学論、二世論を、二世を〈騙《かた》る〉ことで展開するにあたっての後ろめたさを解消した根本の理由ではなかっただろうか。

しかし、この種の議論、つまり二世論、二世文学論は『後期』においてこそ前面にせり出してくるので、『後期』を対象とする際に、改めて詳細に論じるべきものである。

ともかく以上のように、一世である金時鐘が〈二世を騙る〉ことによって、指導する大衆に同一化しようとしていたという事実もまた、彼と彼が指導する大衆、言い換えれば「物言わぬ大衆」との関係を示唆している。

そこで、今度は逆に、その「物言わぬ大衆」の金時鐘に対する共感について、既に随所で触れてきた議論を整理してみる。

政治運動の指導者としての組織能力、文学的に突出した能力、そして、二世にとっては憧れの〈本物〉の朝鮮人、さらに、当時はまだ公にされてはいなかったかもしれないが、おそらくそれとなく伝わっていたであろう〈四・三の体験者〉としてのアウラなど、そのどれをとっても当時の在日二世青年たちから見れば〈特権的〉な政治・文化的資質と経験であり、しかもそれらを裏打ちするような〈文化的資本〉とが相まって、金時鐘は『ヂンダレ』を含む当時の在日の運動圏の人々の共感そして羨望を引き出したのではなかろうか、と筆者は在日二世としての経験的信憑という甚だ曖昧な裏付けに頼って想像するのだが、例えば次のような金時鐘の証言はそれを傍証していそうに思える。

「それでもね、日本に来ますと、鄭君や梁君と比べたら私は格段に朝鮮人的インテリなんですね。言葉も過不足なく喋れますし、一応物も書けますし、自分の国の歴史についても一通りの知識は持ってますしね。ですから私は組織活動に入ると勢い輝ける活動家になっちゃうんですね」(『報告集』七五頁)。

「私の民族的知識は解放後わずか二年半ほどのあいだにたくわえたものでしかないのに、それでも日本に来たらそんなふうに一挙にエリートになっちゃう。それにひきかえ、私よりずっとよく勉強ができたであろう鄭君や梁君は、自分の国の言葉を喋ることができない、というだけで、私のような者とのあいだに格段の開きができてしまう」(『報告集』七六頁)。

金時鐘は自分と在日二世たちの距離、とりわけ自身の特権性を十分に意識していたわけである。ただし、「わずかな民族的知識」と「言葉も過不足なく喋れます」という二種類の言葉を後年になっても並列させること自体が、一世である金時鐘と二世たちとの、金時鐘には想像もつかなかった距離を露呈しているように、少なくとも筆者には思える。

朝鮮語を過不足なく喋ることができるということは、二世にとって憧れの文化的資産かつ能力であり、既に一定の年齢になっていた二世の場合は、おそらくはそれ以降も日本で暮らし続ける限りほとんど不可能に思えたはずである。それなのに、そうした民族的文化資産を自らの意志とは関わりなく備えていた金時鐘と、それが及びがたい資産であるといった絶望、そしてそれと裏腹の憧憬も抱えもっていたに違いない在日二世、その両者の距離について、金時鐘はその一部は推察しながらも、その究極的な側面など想像することなく、あたかも謙遜の言葉のようにして語る。二世論を云々し、そのプライオリティを繰り返し主張する一世・金時鐘と、その彼が共感し同一化しようとした二世との距離は実は甚大だった。但し、これもまた『後期』に前景化するものであり、これ以上立ち入るのは慎んでおく。

ともかく、そうした距離とは、『前期』に限って言えば、例えば「詩はメシ」とその後の数々の編集「後記」との齟齬である。創刊の時点では、例えば「詩はメシ」のように〈謡〉によって隠されていた問題が次第に露呈してきて、金時鐘は驚き、焦り、絶望し、そして、次第に「詩はメシ」で自ら提示した政治と文学の一体化の主張、さらにはサークル誌運動の限界を自覚するに至る。

しかし、そのようにして徒労感に苛まれつつあった金時鐘に、自らが指導する〈大衆〉とは別種の〈他者〉としての同志が出現する。『ヂンダレ』の「もう一つの主体」の中にあって、その中でも異質な〈物言う〉主体である。言い換えれば、金時鐘にとっての指導対象ではない自立した〈他者〉としての同志である。『前期』を通じて次第にサークル運動、そして政治と文学に関する従来の立場に対して疑いを深めていた金時鐘に、『ヂンダレ』の新たな可能性を夢見させるばかりか、共通の文学的志向を実践することが可能と夢想させる人物・鄭仁である。

言い換えれば、鄭仁の登場によって、金時鐘は、政治的要請を主軸とする『前期』から大きく舵を切って、文学的な営為の場として、つまり文学的同人誌として『ヂンダレ』に関わるようになる。言い換えれば、『前期』において包摂対象だった政治的大衆を捨てて、鄭仁に象徴される文学的同志に乗り換えたと言ってもよかろう。サークル誌に対する絶望から文学的同人誌へ、そして同時に、二世への同一化衝動をさらに進めて、いわば二世的条件を文学的に昇華しようとする人々を糾合し、それを率いて文学的立場なるものを確立していく。

そしてそれこそは、徒労と思われかねなかった『前期』の苦闘の成果でもあり、『ヂンダレ』は大きな飛躍の時期を迎えることになるのだが、その前に、そうした『後期』のキーパーソンである鄭仁の『前期』終盤における位置を考えてみたい。

5　『前期』における鄭仁

本節では、特に『後期』において金時鐘と共に中心的な役割（宇野田によれば「楕円の二つの中心」の片方）を担うことになる鄭仁の参入初期について論じることで、『前期』における党派性の問題、そして金時鐘と『ヂンダレ』の関係の問題に迫りたい。

創刊メンバーではなく、政治的党派にコミットメントしていたわけでもなかった鄭仁が編集長になった経緯について、断片的な資料に加えて、筆者お得意の在日二世的信憑も活用して想像を逞しくしてみる。大衆性を標榜しながらも紛れもなく党派的な雑誌であった『ヂンダレ』の内部事情とそれを取り巻く環境の輪郭を描くことで、『ヂンダレ』のテクスト理解の一助にするためである。

鄭仁を編集長に抜擢するにあたっては、様々な内部事情があったのだろう。例えば、金時鐘の体調その他、そしてまた党派内部の事情なども当然のごとく考えられるのだが、それらについても、また鄭仁に編集を任せた事情についても、資料らしきものはほとんどない。金時鐘などは、まるで「自然に」鄭仁に任せたような口ぶりである。しかし、党派的な雑誌の編集責任者というのは、はたしてそんな形で決まるものなのか、と疑いが拭えない。

『ヂンダレ』指導部が鄭仁に編集を任せる決断をするには、当然のごとく様々なレベルでの鄭仁に対する信頼があったのだろう。七号から投稿を始めたばかりの新参者であり、しかも党派の「外様」であった鄭仁に編集を任せるほどなのだから、その短期間の付き合いを通じて、その組織能力に関しても高い評価があったのだろう。現に、金時鐘は「自分よりもはるかに組織能力があった」と証言している。しかし、例えそうであっても、或いは、そうだからこそかえって、党派にとって鄭仁は両刃の剣だったのではなかろうか。組織能力を備えた外部の者に編集を任せるのは、党派としてはむしろ危険と考えるのが自然ではなかろうか。にもかかわらず敢えてその危険を冒したのは、別のレベルの計算、そして事情が作用したに違いない。

一つは、『ヂンダレ』に対して指導、とりわけ抑圧的姿勢を強めつつあった政治的党派に対するアリバイ証明として、鄭仁が恰好の人物だったというような証言もある。政治的にノンポリだった鄭仁は、党派の厳しい攻撃、さらには監視に対して、金時鐘一派が身を守る「暗幕」として機能したというのである。なるほどありそうな話なのだが、それだけではなかろう。そうした党派と金時鐘との軋轢・対立が深刻になるのは、鄭仁が編集長になって以降のことで、前後関係の辻褄を合わせにくい。辻褄を合わせようとすれば、一〇号の時点で既に、そうした暗幕が必要なほどに、党派と金時鐘の関係が悪化していたと考えねばならないのだが、それを確証する資料は見当たらない。したがって、鄭仁が「暗幕」として機能したのは、あくまで結果的にそうなっただけとでも、ひとまずは考えて、鄭仁が何故に編集長に抜擢されるに至ったのかについて、さらに想像を逞しくしてみる。

例えば、反党的な行動に出るはずはないという準同志的な信頼があったからという可能性がある。鄭仁は参加し始めるとすぐに研究会でチューター役を務めるばかりか、初参加の次の八号からは鄭仁の自宅が雑誌の拠点になっているほどだからである。或いは、鄭仁が反党的な挙に出たとしても、それをコントロールできるという自信が党派側にあったともいえるだろう。

因みに『ヂンダレ』はほぼ全巻を通して、編集人、或いは発行人の一方を「外様」に任したとしても、もう一方には（但し一九号、二〇号を除いては）必ず創刊メンバーである誰か（特に洪宗根など）を配すといったように、雑誌の主導権を担保する工夫をしていたのだが、鄭仁が編集長だった時期もその原則は守られていた。

それに加えて、現代からすれば実感しにくい濃密な人間関係があったのではなかろうか。例えば、当時の在日社会においては、「青年活動家」は格別に大事にされており、そういうことに慣れた党派の傲りが、そうした危険など軽視した可能性もある。

それに関連して、鄭仁が次のような証言をしている。彼の家で行われていた『ヂンダレ』の研究会や例会に先立って、必ず、主要メンバーだけがその家に集まって、予めその当日の議論の方向性を決定したうえで、不特定多数に開かれた研究会に臨んでいたのを横目で見て、さすがに「不快だった」というのである。

自分の家を『ヂンダレ』の根城として提供しながら、自分は預かり知らない「秘密会議」が行われるのを横目で見て、鄭仁は「不快だ」とは言いつつも、その党派に愛想尽かしするようなことはなかった。それほどに、鄭仁にとって、『ヂンダレ』が貴重だったのだろうが、そういう鄭仁の心の内を党派側も承知したうえで、彼を信頼、或いは、ある意味では見くびっていたというふうにも言えないわけではないし、さらに言えば、先にも触れた当時の在日コミュニティの相互信頼の一端も窺えそうである。鄭仁はまた「同胞というものはいいもので」などと、在日の共同体の自分にとって居心地のよい側面についての証言もしているのだが、それは党派の自己認識についても当てはまるのではないか。「自分たちは正しいこと、同胞のためになることをしているのだから、何をしても大概のことは許される」といった信頼、もしくは〈傲り〉のようなものが一般化していたのではなかろうか。

因みに、筆者はこの『ヂンダレ』のグループよりも二〇年ほど年下の大阪生まれ、大阪育ちの在日二世なのだが、そんな筆者の幼い頃でも、在日の大人たちの若い運動家たちに対する深い信頼には驚くほどだった。まだ幼かった筆者にも当時「青年（チョンニョン）」、それは民族運動、とりわけ左翼的民族組織の活動家青年という意味を含意していて、その人たちは特権的な恩恵を与えられ、しかもその特権を当然のこととして享受しているように思えて、それが何とも不思議だったことを鮮明に覚えている。

それに、何といっても文学サークル誌の編集長役を任せるのだから、鄭仁の文学的資質についての評価も、新規参入から程なくチューター役を務めていた事実によっても窺い知ることができる。それほどに、鄭仁の詩作品や文学的知識や感受性に対する評価が高かったのであろう。但し、その点についても両義的なところがある。

というのも、一〇号以前に鄭仁が発表した詩作品はそれほど多くはないが、それでもそれらは、『前期』の他の詩人たちの詩群とははっきりと傾向を異にしている。

例えば、「実験」（八号水爆特集）では、「世紀の破滅か？　でも愉しみたい……」などと、この雑誌の左翼民族解放運動の集団主義的な基調からすれば不謹慎とされかねない個人主義的な立場を、低音ではあるが洩らしている。また、同じく八号所収の「パチンコ店」では、個々人の思惟、感情が勝手気ままに自己主張しながらも相互に関連しあう関係性を、ジャズの軽快な調べに乗って飛びはねるパチンコ玉の運動によって表現するなど、極めて意識的・方法的な詩を模索しており、パチンコをもっぱら退廃として否定する『ヂンダレ』一般の「健康」で「善意の教員」的な詩や思想とは別次元の世界を創造していた(8)。

さらに言えば、「ラジオに寄す」（九号）では、ラジオから流れてくる健康そうな音楽の誘惑に身を曝しながらも、それに抵抗し自立する思惟と感情の「運動」を描き、『ヂンダレ』の党派的で集団的な掛け声に対する拒否・抵抗を表現していると思われかねないものまで、党派的サークル詩誌に他ならぬ『ヂンダレ』に発表していたからである。

以上のようにいまだ萌芽段階にすぎないとしても、集団とその文学的な傾向性に寄りかかることなく、個の自立、文学の自立を志向する鄭仁の出現は、党派的サークル誌『ヂンダレ』にとって実に目新しく頼もしい反面、甚だ危険でもあったはずである。だからこそ鄭仁をと考えるか、或いは逆に、だからこそ彼を危険視するか、大きな分かれ目だったのではなかろうか。

最終的に彼に編集を任せたのは、指導部の内部事情がそれほどに切迫していたのかもしれないが、それに加えて、だからこそ彼を、という立場が優勢だったからだろう。そしてそうした抜擢を誰よりも金時鐘が推進したのだろうと、当時の金時鐘の失望、焦りもしくは投げやりな気分を思わせる「後記」などを見て、筆者は想像する。おそらくは、創刊以来、詩的盟友に飢えていた金時鐘が、投稿作品に対する不満を極度に募らせていた時期に、その反転、再起の可能性を夢見させる鄭仁が眼前にせりあがってきたのではないか。そしてその後の経緯は、金時鐘の慧眼を証明している。鄭仁はその後の『ヂンダレ』をリードするばかりか、金時鐘の在日論、在日文学論に大きく寄与することになる。そしてそれは一世である金時鐘と二世である鄭仁その他との共同作業であることは確かなのだが、そこにもまた相当に微妙な問題が潜んでいる。

はたしてそれは、例えば細見が謳うように「金時鐘のような一世による果敢な問いかけが在日二世である鄭仁によって、正面から受け止められていたことを示している」（『別冊』五四頁）といったものだったのだろうか。既に触れたことだが、金時鐘が鄭仁に代表される二世的条件をどれほどまでに理解していたのかという点、そしてなるほど両者の合作はそれなりに豊かな実りをもたらしたのであろうが、一世に他ならない金時鐘が二世文学論を代表することによって、一世的、かつ金時鐘的バイアスがそこに大きく関与しなかったかという点、においてである。但し、後者について誤解を避けるために付言すれば、一世が二世論を首唱してはならないなどと馬鹿げたことを言っているのではない。あくまで事実として、或いは論理として、そういうことがあったのか、なかったのかと疑問を呈しているに過ぎない。しかし、これもまた本論の枠である『前期』を大きく逸脱しており、場所を改めて論ずるべきであろう。

まとめにかえて

以上、『ヂンダレ』を『前期』と『後期』とに二分し、その『前期』をサークル詩誌という観点から、つまり政治的文化運動体として読み解くよう努めてきたのだが、その区分にせよ、観点にせよ、ほぼ先行研究の成果にのっとっており、取り立てて目新しいものではない。

しかし、その詳細に立ち入ってみれば、本論の独創性のようなものもないわけではなく、それを三点に集約して改めて整理してみる。

まずは『前期』を、事後的、静態論的に整理するのではなくて、運動体内部の相互関係に着目して発生論的に辿ろうとした点である。そのためにも、サークル誌の主体に関して、指導層、そして指導される層というように複数の主体を想定して、その相互関係を論じるよう努めたのだが、後者つまり指導される層については、両者の本来的な非対称性、そしてその結果として活用できるテクストが少ないという事情もあって、もっぱら前者、つまり指導層のテクストというフィルターを通してその輪郭を描かざるを得なかった。

しかし、そうした指導層のテクスト読解においては、指導される層の観点を取り込もうと努めたからこその色合いが濃く出ているはずである。例えば、金時鐘の時事的テクスト、特に「後記」の分析は、その「ため息」「失望感」「叱咤、激励」といったものを、その書き手の意図はもちろんのこと、それらの受け手の人々がそれをどのように受け止めたのかなども相当に加味して解釈した結果なのである。

次いでは、テクストの独立性を尊重して、その読解の可能性を追求したことである。書き手の意図ももちろん重要だが、テクストはしばしばその意図以上のものを表現してしまったり、或いは以下のものしか表現できなかったりするという観点から、テクストを如何に読みうるかにこだわった。

それは特に「詩はメシ」の分析に顕著なのだが、それ以外でも、本論の随所でその努力が顔をのぞかせているはずである。例えば、当事者の証言についても、その「証言というテクスト」の読み方の可能性を追求した。その結果、〈当事者の証言に抗して〉という色合いが濃くなった場合も少なからずあり、当事者にすれば「何を勝手なことを」などと異論も十分にあるだろう。

しかし、当事者や証言者に対する尊敬の念を十全に表現するには、いたずらにそれに同一化するよりは、それらの人々が紡ぎだした成果であるテクストを十全に尊敬するべきと考えたのである。最後には、〈筆者の二世的信憑〉というように、甚だ曖昧なものを根拠に想像を巡らすことを敢えて行ったことである。これは実証性を欠くばかりか、テクストの尊重という方向性と矛盾しているように思われるかもしれないが、筆者の意図としては、実はこれまたテクスト読解の問題に深く関連している。

テクストの読解は決して静態的なもの、客観的で絶対的なものではない。書き手はもちろん、読み手の時代的、個人的な条件も大いに介在するものであって、中立性を誇れるものではありえない。そこで、筆者は、筆者を制約しているはずの〈在日二世的信憑〉というものを、あえて前面に押し出して、あくまでもその条件下で、『ヂンダレ』のテクスト生産者たちの生きた世界を想像するよう努めた。その想像は少なからずの誤りを含むかもしれないが、そうした過誤の可能性も想定したうえでの想像は、テクスト読解の可能性を大きく開く可能性があると考えた。

但し、いかなる想像でも許されるというわけではないし、中立的な読解などないとは言っても、それなりに多くの人が納得できる〈真実らしさ〉、そしてそれについて議論するための論拠が提示されねばならないだろう。筆者の方法論的な試みが、その〈真実らしさ〉の域に達しているかどうかは、読者の判断に委ねるしかない。多くの批判があるだろうし、筆者としては、それを心から期待してさえいる。

次いでは、本論における欠落部分を整理したうえで、今後に想定される道筋を素描しておきたい。政治的文化運動体として『ヂンダレ』を検討するにあたっては、便宜上、二つの領域を筆者は想定する。一つは『ヂンダレ』内部と外部との関係の領域、そしてもう一つは、内部における複数の主体の相互関係の領域である。それら二つの領域が無関係ではないのはもちろんのことで、だからこそ便宜上、なのである。

そのうちの前者については、すでに宇野田などが推進しているように、①当時の日本、朝鮮半島、アジアといった範囲における国際的政治支配体制、②それに抗する日本の変革運動、在日の変革運動、③それに連結した日本の文化運動、在日の文化運動などの文脈でより綿密に検討される必要があるだろうが、それらについては、宇野田その他の人々の精緻な研究に期待して、筆者としては後者、つまり、『ヂンダレ』内部の指導層と指導される層の関係に焦点を絞った。

ところが実際には、両輪として論じられるべきそれら複数の主体のうちでも、指導される人々の側の姿は、もっぱら指導する側の金時鐘のテクストを通して、間接的に窺うという方法を取らざるを得ず、バランスを大きく失している感を否めない。

そこで今後はまず、少しでもバランスを回復してその相互関係の実態に近づくため、例えば、『前期』の多様な会員たちを、その詩的達成の如何を問わず網羅的に取り上げて、『前期』における指導層の時期折々の思惑との関連、さらには、その過程における彼ら彼女らの変化、あるいは無変化を論じる必要があるだろう。それがある程度なされれば、本論と合わせて『前期』論はひとまず閉じられるだろう。

次いでは、そうした『前期』論で明らかになった『ヂンダレ』の諸テクストの性格が、『後期』においてどのように変化するか、或いは変化しないかを検討する必要があるだろう。

『後期』については、在日文学論、二世論の観点からは既に数多くの議論がなされているが、本論も含めた『前期』論の成果を受けて、それを改めて論じたらどのようになるだろうか。

つまり、激烈な論争を交わした当事者たちだけではなく、それを「傍観」し、ついにはその論争のあおりを受けて『ヂンダレ』から脱落した人々、いわば第三項をなす人たちの視点を加味して論じてこそ、『ヂンダレ』総体を対象とした論が成立するはずである。

その延長上では、在日二世論、在日文学論の主唱者たる金時鐘と鄭仁たちとの共通性と異質性、さらにはそうした二世論、在日文学論の時代的限定性もまた議論の対象になるであろう。

ところで最後に、改めて筆者の『ヂンダレ』に対する関心の核とそれに由来するテーマを明らかにして、ひとまずは本論を閉じることにする。

筆者の関心は『ヂンダレ』の経験、中でもとりわけ、先に第三項と呼んだ人々の企てと経験をどのように見るか、そしてそれから何を学ぶか、ということに帰着する。

例え、政治的な要請で創刊されたとは言え、『ヂンダレ』に集ったその他大勢の若者たちはほとんど徒手空拳で、自らの置かれた位置からものを考え、そして書こうとしていた。しかし、そうした自力で考えようとする努力にも関わらず、実際に自分で考えることができたのか、或いは、できなかったのか、できたとしてもそこにはどのような限界があり、それは何に由来しているのか、それらこそが今後において検討されなければならない課題なのである。

要するに、在日の知識人あるいは指導層と、一般大衆との関係、それが筆者にとっての究極の課題なのであり、そうした角度からすれば、金時鐘が『ヂンダレ』の苦闘の中でそれなりに見事に描いてみせた在日二世論を、数あるものの一つとして相対化できるような視点の探索こそが、当座の目標となる。

注

(1) 筆者もまた、『ヂンダレ』復刻の準備過程でもあった「ヂンダレ研究会」の末席に連なっていたのに、その研究会が主催したシンポジウムの『報告集』には、諸事情があいまって拙文を寄せることが叶わなかった。その間の経緯について、細見は『報告集』の後書きで、次のように記している。
「研究会の場では、とくに玄善允の厳しい批判がつねに緊張感を与えていたが、それをシンポジウム、さらに今回の書籍化にあたって、生かすことはできていない。わたしたちの力量不足として反省するとともに、玄善允の『ヂンダレ』『カリオン』論を俟ちたい」（『報告集』二一一頁）。

本論は、研究会という集団内部における「ノイズの痕跡」を残そうとした細見の真摯な努力に対する、筆者の遅ればせの応答の試みでもある。

（2）注（1）でも触れたように筆者は「ヂンダレ研究会」の末席に連なっていたこともあって、本論はそこで交わされた議論やつぶやきや沈黙などに多くを負っているのだが、それらを筆者が無意識に歪曲している懸念もなくはないし、メンバーの誰がどのような発言をしたかを正確に記憶しているわけでもない。この「詩はメシ」の一節の分析についても同様で、そうした定式が誰のものであったのかが、今や定かではない。記憶をまさぐってみると、「研究会」の場で宇野田がまず定式化して提示したうえで議論がなされたか、或いは、参加者の議論を受けて宇野田が定式化したのか、といった二通りの可能性があるのだが、プライオリティなどよりも、そのような分析に立ち至ったことの方が重要なのだから、些細な話なのである。そう言いながらもその些細な内情について敢えて記すのは、『ヂンダレ』のような集団的営為における主体を考える際にも、ヒントになりそうだからである。結果としてのテクストの発話主体は明確であるように思えても、そのテクストの生成過程にあっては、実はその主体は複数であったり、混成していたりということが往々にしてある。例えば、議論をしているうちに、相手が自分に成り代わって自分に「反論」しているのに気付いて、思わずそれ（つまり元来は自分の意見、立場）に反論してしまい、後で考えてみると驚くといったことさえもある。そうした個人的経験に照らして、「共同の場」における個と集団、或いは相互関係などについては、テクスト生成の現場に即すよう相当に柔軟な議論が必須と思わざるを得ない。

（3）想像を逞しくして言えば、金時鐘が「あの頃には触れてほしくない（シンポでの発言その他）」というのは、もちろん、『後期』に顕在化する在日組織、そして彼にとっての「祖国」との深刻な軋轢にまつわる痛ましい経験も含まれているだろうが、それだけではないだろう。というのも、金時鐘はその種の被害経験については、「触れてほしくない」どころか、自ら繰り返し言及しており、そうしたことを考慮に入れれば、「触れてほしくない」のはそうした「被害経験」とは別種の事柄のように思えるからである。そもそも、人は一般的に自分の被害経験よりも「加害経験」あるいは「後ろめたさ」から目を背けがちで、当然、それについて他人が口出しすることを煙たがるものである。そうした一般論、そして筆者の経験的信憑も合わせて考えると、金時鐘が「触れてほしくない」のは、林和断罪のように、もっぱら政治的観点による文学者と文学の断罪の先頭を切ってしまった、或いは状況の要請もあって、不承不承ながらも加担してしまったことの「後ろめたさ」のように思えるのである。

（4）『ヂンダレ』の中枢部以外の人々がその後、何故に脱落したかについては、一般的に「組織の締め付け」にその要因が求められており、なるほどそれは否定しがたいところなのだが、しかし、そうした分かりやすそうな議論は、実は様々な意味で問題を含んでいる。何よりも、その人たちの主体性をないがしろにしかねない。
彼らは何故に、今から見ると没主体的と見えるそのような行動をしたのか、そこには、本当に主体性がなかったのかを問うてみる必要があるのに、その方向での想像力を遮断してしまう。そしてその結果、当時の在日世界に対する感受性を働かせて『ヂンダレ』のテクストを読む可能性を大きく狭めてしまう。

例えば、組織の論理と『ヂンダレ』後期の文学的志向性との乖離、対立を前にして、彼らが「たかが」文学の問題などは捨てて、政治を指導する組織の指示に従ったとすれば、それは彼らなりの主体的な選択だったとも言えるだろう。

或いは、主体性という言葉がほとんど意味をなさないエスニックマイノリティの共同体（地縁、血縁、職業その他が入り組んだ在日的共同体）、さらには、その共同体における「組織」の意味合いについても想像力を働かせる必要がある。その組織は、在日共同体の中核であって、その組織の指弾を受けることは、その共同体からの追放も意味するという側面があった。鄭仁が語る「同胞というものはいいもので」という言葉に端的に表明された在日の共同体は、その反面、厳しい拘束力を当然のごとく備えていた。

「組織的締め付け」という説明は、そうした当時の在日の共同体、そして、それに基盤を置いた民族的組織の圧倒的な影響力を説明しているようでありながらも、実はその中で、若者一般にとって何が最も重要視されていたのか、そうしたものへの想像力を阻むことになりかねないのである。そもそも、彼らがなぜ『ヂンダレ』に集うことになったのか。既に「詩はメシ」の分析で明らかにしたように、それは必ずしも文学的志向などではなかった。

（5）そうした金時鐘の突出状態について例えば細見は、「二三、四歳の時点で、ほかの誰でもない金時鐘の文体をすでに持っていたという事実に、私は驚かざるを得ない」（『別冊』三八頁）と言及しており、筆者もある程度はそれに同感するし、そこに込められた個人的な尊敬の念に他人が容喙する筋合いはない。しかし、テクスト解釈、詩人に対する評価、そして何よりも、運動体としての『ヂンダレ』という観点からすれば、こうした評言が専ら称賛のベクトルで発せられている気配があることには、筆者は甚だ大きな違和感を抱く。作家は処女作に向かって成熟するといった言いまわしがあるように、若書きの作品の片言隻句にはその書き手の痕跡（後の大作家、大詩人の片鱗）が窺えるのは普通のことだろうが、その片鱗とは、「良くも悪くも」といったように両面を備えていると考えるべきだろう。

詩人ばかりか人間というものは成長したり後退したりするもので、その過程で得ることも多いだろうが、その反面で何かを捨てたり、失ったりもする。金時鐘はその生涯を通じて、すこぶる文学的な存在であると同時にすこぶる政治的な存在である。とりわけこの時期は、政治的な運動が最大の眼目であったのだから、そうした政治的な志向性との関係で、彼が何を得て、何を失ったのか、また、そうした変化にも関わらず、残ったものの正負の側面を検討するべきと筆者は考える。要するに、先にも触れた「良くも悪くも」という留保が不可欠だというのである。そんなことは些細なことと考える向きもあるかも知れないが、優れた批評眼を備えた細見が金時鐘関連となると、まるでその批評意識が硬直して称賛という一方向的にしか発揮されないのは何故なのかが筆者には不思議でならない。そして、「在日」を聖域化することでかえってスポイルしてきた「善意の党派性」のようなものが、今もなお大きく作動しているのではという疑念が拭えない。本論全体が先行研究に対するそうした違和感を大写しにしたうえで論理づけようとする努力の過程であり、結果なのである。

（6）例えば、まことに大阪的な、東京への劣等感と憧れの二重性を屈託なく表出している一節が『ヂンダレ』創刊号に見られる。宋才娘のルポ「東京の歌声」中の「私たちの東京、大阪にないシックな力強さ」といった具合なのである。

（7）後の金時鐘の詩ばかりか、〈自分・在日語り〉を中心とした散文もまた、そうした彼特有の詩的想像力の干渉、或いは活用といった要素を十分に意識して解釈する必要があるだろう。

（8）例えば、他ならぬ同じ八号には、元永愛のエッセイ「水爆と女性」の、「パチンコや退廃の魔の手から未来の祖国の子供たちを守らねばならない」のような『ヂンダレ』の一翼を占めていた、特に女性詩人たちに典型的な一節が掲載されている。

第2章　〈一斉糾弾闘争〉と金時鐘の〈自分・在日語り〉

はじめに――〈一斉糾弾闘争〉と金時鐘

一九六九年を前後して兵庫県の少なからずの高校において、後に「神戸の一斉糾弾闘争」と総称される生徒たちの反乱が立て続けに起こる。そして、そうした被差別部落出身の生徒を中心とした多様な被差別生徒たちの、自らの身を切るような厳しい追及を受けた教員たちの一部は、しだいに自らの犯罪性に気づいて生徒たちと足並みをそろえ、諸種の差別撤廃、就学権保障、進路保障のための闘いを展開して、兵庫県のみならず日本の教育史においても異色の成果をあげる。

そしてその過程で、ごく少数ではあるが在日の知識人も招かれて「解放教育」の一翼を担うようになり、それまでの在日経験とは異質の事態に遭遇し、自らの在日観の修正、変更、更新を迫られる。その代表例が一九七三年に在日としては初めて公立高校に教員として招かれ、そこで永らく教育活動を継続するとともに、言論活動などで現場の情報を広く発信しつづけた金時鐘である。それだけに、その経験はその後の彼の人生や言論活動において重要な意味を持ったはずであり、他方の一斉糾弾闘争にとっても、金時鐘の役割は大きなものがあったと思われる。

ところが、金時鐘の生涯や文学活動を、一斉糾弾闘争と関連させて論じるような試みは、当人による証言やテクスト以外にはほとんど見あたらない。例えあったとしても、ウィキペディアの、「日本で最初の公立学校における正課としての朝鮮語の教師を務め……」のような紋切り型にとどまっている。

そこで本章では、一斉糾弾闘争の歴史、そして金時鐘自身の人生と言論活動の歴史、それら両者に関する研究における重大な空白を埋めるために、一斉糾弾闘争と金時鐘との関わりについて検討する。

そのためにまずは、一斉糾弾闘争とはどのようなものであったかを、当事者たちの語りや先行研究に依拠して祖述する。ついで、その現場で金時鐘は何を期待され、それにどのように応えたのかを、主に当時の状況についての研究成果と金時鐘の語りに基づいて明らかにする。そのうえで、彼の語りが一斉糾弾の現実とどのような関係にあったかを検討して、金時鐘の自分や在日に関する語り〈以下では〈自分・在日語り〉と略記〉の話法のようなものを析出する。

要するに、彼の〈自分・在日語り〉と現実との相関関係の検討を通じて、一斉糾弾の歴史と金時鐘の人生と言論・文学活動に関する従来の議論を検証することによって、それらに関する研究の更新を図る。これが本論の目的である。但し、本章では対象時期を、金時鐘が一斉糾弾に参入した初期に限定し、それ以降の時期については次章に譲る[1]。

1　一斉糾弾闘争の概況

(1) 一斉糾弾闘争とは何か

一九六九年から一九七〇年にかけて、さらにはその延長では少なくとも一九七〇年代中頃まで、兵庫県の全高校の約二〇%において、「神戸の一斉糾弾闘争」と一括される生徒たちの反乱が起こる。当時は兵庫県のみならず日本全国で高校紛争が頻発していたが、兵庫県における主流は、当事者たちが「一斉糾弾闘争」と自称していることからも推察されるように、一般の高校紛争とは相当に異質な性格を持ち、持続力や成果の面でも際立っていた。そうした事情があいまって、その実態については当事者自身（生徒や教員たち）の実践報告や回顧談が、さらには学術的研究も少なからずある[2]。

したがって、本節の中でもとりわけ本項では、それらの資料や先行研究に全面的に依拠しながら、大別して二つの方向からの接近を試みる。先ずは、全体の概括的把握のための俯瞰的接近、次いでは、それが特定の高校でどのように展開されていたのかという個別・具体的な接近である。

先ずは、ある事典の記述に基づいて全体の輪郭の把握に努めるが、〔 〕内は筆者によるコメントである。

〈狭義の一斉糾弾とその前史、つまり広義の第一期とその前史〉

「五九年六月に県立湊川高校定時制に部落問題研究会結成、それ以後、阪神、姫路地域の高校に部落研が結成され、いわゆる語り（かたり）を中心とした部落研活動を展開。六八年の湊川、飾磨高校、六九年の尼崎工業高校、御影工業高校などの一斉糾弾は、部落出身生徒を中心に据えた教育実践の契機となった。この部落研活動と教育実践は、『ほえろ落第生たち』（福地幸造、一九六五年）、『問われているもの』（兵庫県高教組解放教育専門委員会、一九七〇、一九七二年新刊）などにまとめられた。

〈広義の第二期〉

この教育実践は就職差別反対と進路保障闘争に発展、七二年には兵庫県進路保障協議会が結成された。県教委は解放運動と解放教育運動の高揚を前に、七一年より差別を許さぬ県民運動を提唱したが、七四年の八鹿高校差別教育事件、七五年の尼崎育成調理師学校差別事件以後、同和教育の見直しを主張、七五年に三〇七号通知〈同和教育の推進について〉を出して、解放運動と教育との間に一線を画することを県内の学校現場に指示し、学力促進学級など地域の教育事業の縮小、同和推進教育の削減を行った[3]」

以上は、元来は連続した記述を、筆者の叙述の便宜のために二期に分割して見出しも付したものだが、その結果として、前者と後者の前半までが運動側からの視点、後者の後半が教育行政からの視点で書かれているような印象を抱くほどに、ドラスティックな変化が窺われる。前期と後期の前半まではひたすら攻勢に立っていた運動側なのだが、後期の後半ともなると、行政側の圧倒的な攻勢を前にすっかり守勢に回ったあげく、早晩に姿を消しそうな気配すらある。

そして現に、その直後の一九七六年三月には、闘う教員集団の中核であった兵庫県高等学校進路指導研究会の方針転換が発表されて、それに従うものと反対するものとの間に深刻な亀裂が生じる。さらにその四年後の一九八〇年には、闘争指導部の両輪と自他ともに認められていた福地幸造と西田秀秋の師弟コンビまでもが袂を分かち、指導部の統制力はほぼ完全に消失する。その結果、運動の過程で自らに突きつけられた問題を引き受け、方針転換後もさらに追求しようとした教員や元生徒たちは、一斉糾弾の指導部以外の既存の様々な教員グループに依拠したり、新たに小集団を結成したり、さらには個人単位に分散して、厳しさが増す闘いを続けざるを得なくなる[4]。

次いでは、一斉糾弾闘争のトップランナーと自他ともに認められていた湊川高校に焦点を絞って、個別具体的な運動の展開を見る。そしてそれを、先の俯瞰的な像と重ね合わせると、一斉糾弾闘争の総体が実感的に把握できるだろう。以下は、『音高く流れる―神戸県立湊川高校五〇年史―』（湊川高校五十年史編集委員会、一九七九年）所収の年表からの抜粋・引用である。なお、原テクストでは年月日のうちの、日が記されている場合と記されていない場合とがあるが、ここでは、日は一律に削除する。ここでも〔　〕は筆者のコメントである。

五九・六　部落問題同好会（市内の高校の部落出身生徒、在日朝鮮人生徒との交流）
六一・四　部落問題同好会承認、部落解放要求貫徹行進に参加
六二・一〇　在日朝鮮人生徒に対する就職差別事件に対する抗議運動、社長が来校し謝罪
六三・四　四五名の大量留級（三年生）を契機に「落第生教室」発足、在日朝鮮人生徒の組織「チョゴリの会」発足
六六・八　同対審答申完全実施要求国民大行進に参加
六八・八　育友会費不正流用発覚〈育友会事件〉
六八・九　教職員・生徒の連絡会で、教師自己批判、生徒七項目の要求提出
六九・四　新入生オリエンテーションで一学年主任、差別発言（一斉糾弾闘争始まる）
六九・六　県下で初めて同和加配教員五名を獲得
六九・一一　職員家族、県教委と懇談
七〇・一　教師集団、自己批判書
七〇・一　第一九次日教組岐阜教研「人権と民族」分科会で、「湊川高校事件そのあと」を報

告
〔以上が狭義の一斉糾弾（広義の第一期）とその前史、以下は広義の第二期〕

七〇・一〇　神戸市人事委員会就職差別糾弾

七〇・一一　委員会が差別を認め、採否の再検討と回答

七〇・一一　兵庫県人事委員会が部落出身生徒を不合格としたことで抗議

七〇・一二　兵庫県人事委員会就職差別糾弾、……面接で不合格となった八九人の内六四人を合格にすると回答。

七一・四　部落出身生徒、在日朝鮮人生徒に対する就職差別事件頻発。神戸市普通奨学金、国籍条項撤廃、定時制高校の授業料廃止

七三・九　朝鮮語授業正課となる

七五・四　日本育英会奨学金、国籍条項撤廃、通信制高校、障害通学生生徒にも適用決定、市内の年輩夜間中学卒業生徒の入学始まる

七六・二　林竹二先生、食堂で講演

〔この直後に、指導部の方針転換によって分裂が表面化し、その一方の極である湊川のその後は、林竹二の授業論の一色に染まり、社会運動の側面はほぼ消える。因みに、備考として左記の二つの事項が特記されているのは、方針転換（一九七六年三月）、そして一九八〇年の湊川の教員集団と解放研（主に福地幸造）との決裂が、それらの事項と直結していることを示唆している。つまり、方針転換はその指導部が主

張する表向きの理由よりは、そうした行政と、それに協力した党派などの攻撃に対する防御的対応が主たる要因であったことが窺われる。」

一九七四年　八鹿高校事件、三〇七号通達、県教委、運動と教育の分離を強調する
一九七八年　強制人事異動、強行される

以上の、湊川高校における長期にわたる運動史も重ねあわせて、一斉糾弾闘争とはどういうものであったのかを整理してみると、次のようになるだろう。

①〈自分を語る、語らせる〉ことによる自己検証と、糾弾や相互批判による理論化といった方法論によって、差別で苦しんできた生徒たちを〈起こし〉、解放の闘いのための基盤をつくる。

②〈起きた〉生徒たちは、そうした状況を座視してきた教員たちの責任を糾弾する。

③最初はたじろぐばかりだった教員たちの一部も、やがて生徒たちの主張を受け止め、生徒たちを支えるように努めながら、共同行動への態勢を整え始める。教員集団という自称がそれを象徴している。

④そして行政との交渉や諸種の闘いを始める。

ここまでが第一期であり、それ以後は、

⑤学校内の差別撤廃に加えて、校外の教育行政機関はもちろん諸種の公的機関などを相手に、

授業料減免、教育費用の公的負担、各種奨学金受給における差別撤廃など、就学保障のための闘争を展開する。

⑥ 差別を助長しかねない身上書を、プライバシーを保護する兵庫県統一用紙に改編、ペーパー試験の成績だけでなく教員たちの推薦書や面接その他を加味した総合選抜試験に変更させるなど、就職にまつわる多様な差別を撤廃して、生徒たちの進路を保障するための激しく持続的な交渉を推進する。

⑦ そしてついには、定時制高校生や部落出身生徒や在日朝鮮人生徒を、地方公務員として送り出すことに成功する。

以上が第二期である。

さらには、以上の実態とその性格を、ほぼ同時期に日本全国で吹き荒れていた多くの高校紛争と比べると、一斉糾弾闘争の特徴が次のように浮かび上がる。

一、前史における部落差別撤廃運動の高校レベルでの蓄積

二、同和対策審議会答申を受けた政府による、同和対策特別措置法などの実施と地方行政への通知など、行政への影響力の行使

三、被差別生徒による集団的糾弾

四、目覚めた教員集団と生徒集団との共同行動

五、生徒とその親などの生活実態に基づく、各種の具体的な異議申し立てと権利保障

六、数々の就学保障や就職差別撤廃の闘いに勝利

以上のすべてが日本全国で吹き荒れた高校の反乱もしくは紛争では、ほとんど見られなかった。[5]

(2) 一斉糾弾闘争と在日

一斉糾弾闘争も、当初においては被差別部落出身生徒を中心としたいわば一極的運動の側面が強かったが、その後はしだいに部落と在日の二極化へ、さらにはその他の多様なマイノリティ集団に属する生徒たちも絡んだ多極化へと、運動主体と闘争領域の拡大と深化が進む。その中でも本論のテーマとの関連では、「在日」の生徒に特化した教員集団の取り組みが重要である。

例えば、在日の生徒の就学権保障運動の一環として、「財団法人朝鮮奨学会」の奨学生への応募が積極的に勧奨された。それによって、償還義務のない奨学金の受給はもちろん、生徒たちに所属学校の枠を越えた民族的出会いの多様な契機が生じた。奨学金を受けとるために定期的に同胞の先輩でもある職員などとの面談、いわばロールモデルとの接触がなかば義務化した。奨学会主催の全国的規模におけるサマーキャンプへの参加、さらには総合文化祭への出演や応援や観客としての参加によって、日本各地の「同胞」奨学生との触れ合いの機会にも恵まれた。そしてその延長上では、学校横断的な奨学生組織の結成なども自発的に模索された。奨学会から定期的に発行される高校奨学生対象の雑誌を通して、多様な民族情報、つまり歴史、言語、大学生や高校生の生活体験記、就職体験記など、それまでは容易には得られなかった実際的な情報を含む知的資源にも、容易にアク

セスできるようになった[6]。

他方、校内教育においても、民族的覚醒を保証し、それを肉付けする方途が探られた。例えば、朝鮮語の正課化が実現し、その授業を担当すると同時に、その存在と発言によってとりわけ民族差別問題に関して学校内外に影響力を及ぼすような在日知識人の導入も始まった。その筆頭として一九七三年には湊川高校へ金時鐘が、その二年後の一九七五年には尼崎工業高校へ梁永厚が着任し、その後もそうした採用が断続的に続く。

以上を外部から見ている限り、一斉糾弾闘争のさらなる進展にとって理想的な展開のようにも思われそうなのだが、その内部では必ずしもバラ色とはいかなかっただろうと、筆者は推測する。とりわけ、在日の知識人の現場への参入については、外観はともかく、内部では相当に微妙なものがあっただろう。それも大別して二つの側面、つまり、生徒たちとの関係において、そして、日本人教員たちとの関係においてである。

先ずは、〈起こされ、起きた〉生徒たちにとって最も信頼しうる教師は、学校現場で外ならぬ自分たちの糾弾にさらされ、時には醜態をさらけ出しながらも、ついには生徒たちと共に奮闘するようになった教員たちだったに違いない。それに対して、遅ればせに、しかも、在日の著名知識人といったお墨付きで現場に招かれた教員は、少なくとも当初においては、闘いの成果に便乗してきた「お客」といった印象が拭えなかったはずである。そして、そうした経緯とそれに基づく生徒と在日教員とのいわば〈他人行儀〉な関係が、その後にはどのように変わったのかという問題がある[7]。

他方、教師集団においても、中途で参入した在日の知識人はそれまでに現場で苦闘してきた日本人教員と対等で同志的に解放教育と闘争に取り組めたのだろうか。その点についても、筆者には疑いがある。例えば、教師集団による共同作品である二巻の書物の構成を一瞥するだけで、その関係が垣間見える。『はるかなる波濤―在日朝鮮人生徒の再生にかけて―』の末尾には金時鐘の文章が、そしてもう一つの『はるかなる波濤　下―同化へのあらがい「在日」の意味を―』の末尾には梁永厚の文章が配置されており、一斉糾弾における在日知識人の位置を示唆している。教師集団の実践報告の全体を見渡して、それら教師たちを激励し、民族的問題についてアドバイスするなど、まるで監修者のような位置づけになっており、その文章内容もまた、その位置づけに対応したものである。

日本人教師たちの文章には、自責・自戒、焦燥、使命感に基づいて、一兵卒として生徒たちに献身する姿勢という共通性が明らかであるのに対して、その二人の朝鮮人教員たちの文章では、言葉つきは似ているようでも、どこかしら〈上から目線〉の気配がある。つまり、一斉糾弾闘争に対して外様、あるいは超越的な自己認識が垣間見える。そのうちの金時鐘の文章については第3章で詳細に論じる。

そうした差異もしくは非対称的な関係には、もちろん様々な理由があった。闘争現場に招き入れられた在日知識人たちは、一斉糾弾の前衛だった日本人教員たちと比べれば、相当に年長であるばかりか、朝鮮や在日に関する知識や運動経験においても比較にならないほどの蓄積があった。その結果として、在日知識人側には、民族問題に関する特定の思考スタイルとプライド、他方、日本人教員集団側においては、遠慮や敬意や畏怖のようなものがあっただろう。それにまた。担当領域の棲み分けという側面もあった。在日のことは在日が分かるといった、普遍的な真理などとは必ずしも言い難い〈常識〉が、在日知識人と日本人教員との、自然で真剣な相互批判の妨げになった可能性もある。但しこの問題については、後の「民族的帰属がもたらした先験的非対称性」の項で詳論することにして、先を急ぐことにする。

(3)〈加配〉もしくは〈特選〉教員固有の事情

一斉糾弾に参入した在日の知識人は、一般の公立高校の教員とは別枠で採用されたのだが、それは彼らだけではなく、一斉糾弾に関係する教員の少なからずが、在日教員と同じようにいわゆる〈同和加配〉あるいは〈特別選考制度〉による採用である

つまり、教員免許は持っていても何らかの事情で通常の採用試験を受けられなかったか、或いは受けても不合格だった人たちが、当該高校の教員集団の要請を受けた校長による県教委への推薦によって採用された(8)。

採用に当たってはもちろん試験があったが、それは候補者を合格させるためのアリバイ証明的な性格が多分にあった。しかも、その候補者の多くは、大学での激しい学生運動経歴などもあって就職が困難という事情を抱えていたので、格好の就職先であるばかりか、学生運動の理想を厳しい社

会で実践する機会まで与えてくれた人脈、つまり一斉糾弾の指導部や個人やグループに対する「恩義」の意識から、なかなか自由になれなかったようである。例え闘争や教育の方針に納得できなくても、指導部に逆らえば「恩を仇で返す」ことになりかねず、葛藤を抱え込む。しかし、その反面では、そうした葛藤があったからこそ、自己懲罰的に闘いに取り組むといったことにもなったのだろう。

一斉糾弾の渦中の学校現場は、様々な意味で甚だ厳しい闘争の現場であり、激務である。しかも、教師の集団化には厳しい規律がともない、それに耐えられなくなった教員たちが大挙して中途退職といったことも起こる。するとその穴を埋めるために、急遽、特選で新規採用された教師が大量に配置された。例えば、尼崎工業高校だけでも一時は、その種の教員が二〇名に達していたという。そしてその一人である金重紘二の文章（『朝鮮研究一三四』所収）では、サブタイトルが「加配教員としての私の位置を確かめるために」となっているのに、本文ではそのことに直接的には何一つ言及されていないといったように、相当に複雑で微妙な心理が窺われたりもする。(9)

その一方では、そうした内部事情を率直に明らかにしている人もいる。一斉糾弾の指導者に対して批判的な意見を述べたところ、

「……先生は激怒して『由々しい発言だ。……発言を撤回して謝罪せよ』です。私は謝罪しませんでした。そこで、一か八か、他校への転出願を出したのです。先にも言いましたように、特別選考で尼崎工業高校に就任した者ですから、指導層の教員たちはさっそく、私を囲み問い詰めてきま

した。『尼工に特選で入ったのだから、尼工はやめることや。辞表を書け』の繰り返しです。私は妻子三人をかかえています。『書きます』なんて言えたものではありません。……行き先は県立ではなく、市立の尼崎高校でした。市立尼崎高校でも教員の部落差別発言事件が起き、その後の取り組みが始まっており、間接的に私を知った同校の……教員たちが、市尼の校長と……交渉してくれたのです[10]」

同じ〈特選〉であっても、そのような幸運に恵まれるのは稀である。大半は、その種の葛藤は胸の奥にしまい込んで闘争にのめりこむうちに、ますます内部矛盾が深化するといったこともあっただろう。一斉糾弾の先頭に立っていた教員たちのうちで、後には校長など管理職志向を強めるなど、一斉糾弾とはむしろ対蹠の立場にある教育行政の先頭に立つようになる人が少なからず出たのも、その種の煩悶や人間関係のもつれと無関係ではないだろう。

（4）民族的帰属も相まった先験的非対称性

特選教員たちを含め、一斉糾弾に関わった日本人教員たちには、その他にも一定の共通性、傾向性のようなものが窺われる。例えば、口先で差別撤廃を主張して済むような現場でなく、その深刻な現実をまさに生きている生徒たちのつき上げを日常的に受けるにつけ、在日や朝鮮問題についての知識や認識の薄さや甘さを痛感させられ、原体験の差異に圧倒される。つまり、〈同族〉ではない自分の限界を痛感し、後ろめたさを抱えこむ。そのあげくには当時のメディアを賑わしていた入管法に対する過度な警戒心となり、しかも、その後の情勢の悪化も相まって、在日生徒を公務員に送り出す運動方針の撤回への流れを醸成もしくは、それに便乗した可能性がある

ところで、以上のような特選そしてそれも含めた一斉糾弾関連の教員たちの心理的屈折や傾向性、それと在日の教員、とりわけ金時鐘との関係はどうだったのだろうか。

金時鐘は、教員免許どころか中等学校の卒業資格もなかったのに、特選の中でも破格で採用された。それだけに、既述の日本人の特選教員たち以上に、採用の経緯に関しての後ろめたさや、それにまつわる人間関係の機微に苦しんだとしても不思議ではないのに、彼の語りには、その気配など微塵もない。もっぱら、請われて、しかも使命感を覚えて着任したといった口吻が主調である。だからこそ、日本人教員のその後の強制配転や退職、或いはその逆の管理職への〈変節〉といったことなどとはまるで無関係なように、定年まで勤めあげ、その後も非常勤として湊川に通い続ける。

何故なのだろうか。彼の語りや文章の本来的な性格というものもあるのだろう。形而下の話、つまりひもじさやそれにまつわっての、やむをえないけれども情けない所業を話題にするようなことは、〈自分・在日語り〉には全く見あたらない。自分は天職に携わっており、その責任を形而上的に果たすというのが、少なくとも彼の語りの全般的基調なのである。したがって、特選にまつわる心理的なアヤのようなことなども、彼の生活や思考にはまったく関与しなかったというのが、少なくとも彼の語りにおける理屈のようである。しかし、きっとそれだけではないだろう。彼がそうすることを許すような外部環境なども関係していたのだろう。

例えば、一斉糾弾闘争における在日の知識人、とりわけ金時鐘が置かれていた特殊な位置が作用していたのだろう。すなわち、在日教員は教員集団の内部でも、そしてまた教育行政の側からの見方や扱い方においても、日本人教員とは〈別枠〉とされていたのだろう。

先にも触れたように、在日の知識人、とりわけ金時鐘は、一斉糾弾において在日の専門家という特殊技術者、もしくは作戦参謀のような扱いを、教員仲間から受けていた気配がある。

日本人教員たちは彼らに対して、自分たちの欠落を埋めてくれる救世主、或いは、民族陣営からお墨付きを与えて責任を軽減してくれる救済装置としての役割を期待し、在日側もまた、そうした位置付けと役割を自認した結果、同志的な相互批判を交わし合えるような関係ではなかったのだろう。

しかも、一斉糾弾と敵対していたはずの教育行政の側にとっても、在日の教員は他の日本人の特選教員とは別格だったふしがある。後の一斉糾弾闘争の急速な退潮期にあっても、金時鐘ばかりか、その後に湊川で朝鮮語を教えることになった朝鮮人教師たちは自己都合以外はほぼそろって定年までその職を全うできたし、正課としての朝鮮語が廃止されたのは、一斉糾弾闘争が退潮して半世紀を経た二〇二〇年になってからのことである。

徹底的な反動攻勢の中で、一斉糾弾関連の教師たちの強制配転、退職、或いは逆に管理職への転身など、多くの日本人教員たちが大きな心理的な屈折を強いられたことを考えるならば、まるで別世界である。

その理由は何だろうか？　ただでさえ厄介な諸種の差別問題に、民族問題、つまり外国人教員人事が絡んだりすれば、対処がますます難しくなりかねない。そこで行政側も、在日教員に関しては、安易には手を付けられないし、また、そうしてはならない〈聖域〉のように見なしていたのではなかろうか。それにそもそもが、在日の教員など数が知れており、しかも、民族差別的な文部省（当時）の通達によって、学校行政に直接的に関与できない被差別カーストに既に閉じ込めていたから、放置しておいてもやがて消えていくと安心していたからなのだろう。

ともかく、そうした暗黙ながらの特権的な自己認識と教員仲間や教育行政による別枠的位置付けとの絡み合いが、その後の日本人教員と在日知識人双方の言動に相当に大きな影響を及ぼしたものと思われる。

2　一斉糾弾闘争への参入についての金時鐘の回顧的な〈自分・在日語り〉

(1) 着任の経緯に関する当人の物語

一斉糾弾闘争の広義における第二期中盤の一九七三年九月に、金時鐘は湊川高校に迎え入れられ朝鮮語教育を担うばかりか、その前後からメディアや講演会への登場の機会が増えていくのを活用して、一斉糾弾、中でも湊川高校の運動・闘争の広告塔のような役割も果たしていく。そして当然、その一環のようにして、自らの湊川への着任の経緯やその後の自らの教育や闘争その他についても饒舌に語っている。その中でも相対的に最近、つまりはるかに事後的な回想が『論潮六号』（論潮の会、二〇一四年）所収のインタビューである。

そこで、以下ではその証言自体、もしくは筆者によるその要約を材料に、金時鐘の一斉糾弾と自分自身との関係に対する認識と客観的現実との関係について検討する。先ずは証言の要約に則っての議論になるが、〇付き番号は叙述の便宜のために筆者が付した。

金時鐘は自分の湊川高校への就職の経緯について次のように語っている。

①日本の学校に通う在日の子どもたちのことを心配していて、教育研究所のようなものを構想して、社団法人化なども検討していた。

②そんなところに、湊川高校からの誘いがあったので、それに乗った。しかし、植民地下の朝鮮で師範学校中退だったので、現代日本の法律では、中等教育の教員にふさわしい学歴とはみなされず、採用されるにあたって苦労した。例えば、受験者は自分一人なのに、七科目それぞれに一名の担当教師が試験の監督と採点を行うといった大そうなことになった。そして試験結果は、日本語以外は散々だったにもかかわらず、社会科教員として採用された。

以上の動機と経緯のどちらにも疑わしい部分が少なくないのだが、それについては後に他の要素も絡めて詳述することにして、ここでは先ず、それに続く証言内容を検証する。右の文に続いて金時鐘は次のように語る。今度は証言そのものが資料なのだが、ここでも〇番号は筆者による。

「僕が登用を受けてから、③一年かそこらで三一人の教員の採用があって、それで慌てて④文部省通達が出るのよ。あれは一九七六年かな。在日朝鮮人の教員採用はまかりならんっていうやつやね。で、⑤あと二年ほどしたら、今度は教諭採用はできないって、常勤講師になったんだよ。だから僕が採用されたことで、あっという間に、三二人の教諭が誕生したんだよね。大学で教職課程を取ってもしょうがないからと誰も取らなかったんだけど、僕がとりあえず採用されたことで、教職課程とる学生がわーっと増えてね。採用も相次いだ」

以上の③に関しては、金時鐘の着任は一九七三年九月で、それから一年後には在日の教員採用などなかった。三二人の採用というのはずっと後の一九八〇年代の話である。また④に関しても、文部省通達が一九七六年に出たという事実はない。一九八二年九月に国公立大学外国人教員任用法が成立して、その法律を各都道府県教委へ送る鑑文に「小中学校の外国籍教員任用は従来通りダメ」と記されたにすぎない。さらに⑤については、自分は教諭として採用されたのに、その通達のせいで常勤講師になったようにも読めそうなのだが、金時鐘（林大造が外国人登録名であり、公的にはそれが正式名）は実習助手として任用された。教員免許がなければ教諭になれないからである。教諭ではなく常勤講師での任用というのは、一九九一年三月通知のことで、梁永厚（一九七五年から一〇年間）の場合などは、日本の大学卒で、日本の法律に抵触しない学歴があったにもかかわらず実習助手としての任用だった。以上のように兵庫県の公立高校に初期に参入した在日教員たちは、その後に任用された教員免許を持つ朝鮮語教員とは、任用形態や担当授業の状態においても、大きな相違があった。[11]

要するに、金時鐘の回想のこの部分は、ほぼすべてが事実に悖《もと》るのだが、何しろ相当に高齢になってからの、はるか昔のことについての証言なので、記憶違いがあってもおかしくないし、話をはしょるついでに、口が滑ることもあるだろう。それにしても、これだけの一貫した間違いは、ちょっとした記憶違いや言い間違いとして見すごせそうなことではない。そこで、先ほどは後回しにした①も絡めて、全体を整理してみると次のようになる。

「教育研究所のようなものを開こうと思って、社団法人化」の一節については、当人の心の中、頭の中のことなので、その真偽は本人、とりわけその当時の本人にしか分からないのだが、常識的に言って、相当に疑わしい。社団法人の設立などと口では軽く言えたとしても、それがどれだけ面倒かといった具体的な難儀、そして当時はこれといった定職がなかったはずの金時鐘の生活状況ども考えあわせれば、「夢」の話としてなら何とか受け入れられそうな代物にすぎない。ところが、その「夢」のような話を、現実として組み込むことが、金時鐘の語りには必要だったのだろう。というのも、今度はさらに②も絡めて考えてみると、その「夢」のような話があってこそ、その語りは次のように終始一貫したものになるからである。

自分が在日の子どもの教育に関心を抱き、そのための企画を育んでいたところに、渡りに船のような誘いがあった。しかも、資格など何一つ持ち合わせない自分一人のために、たいへん大掛かりな特別の試験まで設定され、試験の成績は散々だったのに採用された。つまり、特別に請われての採用だった。だからこそ、自分の着任の影響は甚だ大きく、日本の教育界に一挙に多くの在日の教員が採用されるなど若い在日の人々の活躍の場が広がり、日本の国際化、多文化化にも寄与した。

このように、金時鐘の証言は、何もかもが自分に始まり、自分に収斂するヒーロー譚に仕立て上がっている。しかしそれは、現実とは甚だしい距離がある創作、敢えて言えば、嘘まみれの物語なのである。

(2)〈自分・在日語り〉を密かに支えるテクスト戦略としての〈故意の言い落とし〉

しかも、その物語を〈故意の言い落とし〉とでも呼べそうな語りの戦略が、裏や下から支えている気配もある。この湊川着任の経緯で言えば、どんな機関もしくはどんな個人の斡旋でその職に就くに至ったかについては、すっかり〈言い落とされている〉のだが、筆者はそれについて次のように推察する。

何らかの機関もしくは個人に対する湊川の指導部からの斡旋依頼は、「朝鮮語と民族教育にふさわしそうな方をご紹介願いたい」くらいの話だったのだろう。つまり、それ以外の付随的事情や条件などは阿吽の呼吸で理解して、すぐさま候補者の人選にあたってくれそうな機関や人物が存在していたのであろう。そしてその人物又は機関が、金時鐘に白羽の矢を立てた。彼の経済生活を少しでも安定させて、詩作その他の文学的活動を応援したかったのだろう。(12)

但し、以上は既にも述べたように、あくまで筆者の、伝聞や状況証拠に基づく推測にすぎないので、それが事実と断言できるわけではない。それにまた、例えそうした推測が当たっていたとしても、そのようなことをまったく証言していない金時鐘を論難するわけにもいくまい。いろんな事情があって、金時鐘は仲介者としてその機関や人物の名を出すのを憚ったのかもしれない。しかし、筆者はそこに、金時鐘の語りの戦略の重要な要素としての〈故意の言い落とし〉を想定する。

その種の情報を自らの〈自分・在日語り〉に取り入れれば、余計かつ厄介な雑音になりかねないことを、優れた物語作者である金時鐘は直感的に察知して、それを忌避する形で物語を創りあげた。これが筆者の想像に基づく〈故意の言い落とし〉であり、それはこの場合に限らず、彼の語りの随所に潜んでいるというのが、筆者の仮説なのである。

但し、そうした想像、そして仮説が何らかの事実の発掘によって否定されたとしても、金時鐘の〈自分・在日語り〉に関する筆者の一連の解釈の全体が瓦解するようなことにはならないだろう。そのことについては、後に触れることにして、議論を元に戻そう。

（3）自己と現場の状況に関する〈超越的な認識〉

その他にも、金時鐘の証言は、実に多様なレベルで客観的現実との齟齬が目立つ。彼が着任した環境、或いは、彼をその闘争現場に呼び込むことになった事件や状況、そして主体についても、甚だしく〈能天気〉な述懐をしている。

例えば、一斉糾弾の前史としての「育友会費事件」に関しては、「生徒費かなんかを教員が飲み食いに使って……」などと語っているのだが、当時のことを知る人、とりわけその闘争の当事者たちなら、開いた口がふさがらないくらいに軽すぎる言葉、そして認識なのである。

湊川のみならず日本全国のほとんどの高校において、育友会費（ＰＴＡ会費）で公的教育活動費の不足を補うという、公教育の原則に背反する悪しき慣習が根付いていた。そのこと自体が公教育としては重大な欠陥なのだが、そのうえ、その育友会費を教職員間で出張旅費や就任、退任の際の餞別として、さらには教育委員会の官吏の学校視察時に持ち帰らせる手土産代その他の接待費に使うなど、明らかな不正が横行していた。そしてそのことが生徒たちの懸命の追及の結果として発覚して告発が始まり、責任者の一部の逮捕と自殺騒ぎにまで至り、それが一斉糾弾の前段階（育友会事件）の導火線になった。そんなことは当時の神戸の教育界、とりわけ一斉糾弾闘争の関係者には初歩的な常識だった。金時鐘はその事件当時にはまだ湊川に着任していなかったが、その数年後に解放教育に関わるためにわざわざ誘い込まれた教員であるからには、湊川の解放教育に関するそうした基本的常識を知らないはずがなかっただろうに、まるで新聞かテレビなどで偶然に聞きかじった〈よそ事〉のように語っている。

さらに付け足せば、教員人事についての「教職員組合が強いところで、教員の資格試験を受けさせるよう組織活動」云々も、当時の教育現場と教育行政との微妙な権力関係に対する無知ないしは無関心が窺われそうである。

当時の一斉糾弾の主力教員グループによる教員人事への影響力については、次のような証言が当時の常識だったらしい。

「兵庫高教組は日本共産党の力が強く、それに対抗させるために反日共的色彩を持っていた勢力、つまり一斉糾弾の勢力を伸ばそうとして、県教委がその要求をある程度は呑んでいた[13]」

こうした現場的常識に照らしての金時鐘の〈世俗離れ〉や〈能天気〉には、一斉糾弾闘争における自らの位置に関しての、彼独特の距離感や認識スタイルが浮き彫りになっていそうに思えてならない。但し、そうした筆者の信憑の妥当性については、後に改めて論じることにする。

3　闘争現場への参入に関するリアルタイムの語り――「さらされるものとさらすもの」

(1) テクストの概観

おそらくは金時鐘の読者層の幅が大きく広がる契機となったのが、個人エッセイ集『さらされるものとさらすもの』で、その中でもとりわけ、その書名と同じタイトルのエッセイ「さらされるものとさらすもの――朝鮮語授業の一年半」という、新書判でせいぜい二〇頁の分量のテクストが、実に清新かつ強烈な印象をもたらして評判を呼んだ。そこで、以下では、実に多様な意味で重要な要素が満載のこのテクストを多面的に検討してみる。

先ずはバージョンなのだが、以下の四種類のバージョンに加えて、最近ではさらに『金時鐘コレクション』（藤原書店刊）もあるが、新たに付け加わる情報などなさそうなので、ここでは触れない。

① 『神戸地区県立学校白書』所収の解放研リポート、一九七五年、月は不詳

②このタイトルのエッセイも含めた同名の個人エッセイ集、解放選書、一九七五年九月
③そのテクストを組み込んだ教員集団の実践報告集『はるかなる波濤―在日朝鮮人生徒の再生にかけて―』、解放新書、一九七五年九月
④右記の②のすべてと、その他の金時鐘のエッセイを合わせて、いわば当時としては、集大成としての個人エッセイ集である『在日のはざま』、一九八六年五月

さて、複数のバージョンとは言っても、実はそのすべてにおいてテクスト内容自体には異同がない。例えば、②と③では、多数のエッセイ群の一つのテクストとして①が転載され、さらには、その②の書物全体がテクスト群の一部として④に転載されている。したがって、ここで取り上げる「さらされるものとさらすもの」というテクストに限って言えば、まったく同一なのである。しかし、そのテクストが組み込まれた書籍という環境を視野に入れると、③だけは特殊である。③では、金時鐘を含む教員集団に属す著者たちのテクスト群の最終章のタイトルが「さらされるものとさらすもの」とされ、その最終章では先ず、金時鐘の先輩教師である古林健司のテクスト、そして、その後にその章と同じタイトルの金時鐘のテクストが、その直前の古林のテクストの引用なども巧みに活用して紡がれている。そうした事情もあって、読後感は他のバージョンとは相当に異なる。但し、このバージョン問題については後で詳しく論じることにして、ここでは先ずそうしたバージョンの差異には左右されないテクスト内容に限って検討したいのだが、その前に少し私事を挟んでおきたい。以下の展開に少なからず関係するからである。

筆者は、一九七〇年代の中盤から後半にかけての時期に、そのテクストを初めて読んだのだが、それは②のバージョンだったはずである。

それ以前に一斉糾弾とは因縁があったし、世評が高かったからこそ、買ってみる気になったのだろう。そして読んでみて、「なるほど」と世評に納得する一方で、いわく言い難い違和感も残った。しかも、そうした両義的な読後感は、その後に金時鐘の文章を読んだり、講演などを聞いたりするたびに増幅された。それでいながら、その両義的な印象の理由が分からずにもどかしかった。ところが、それから三〇年以上もの間、断続的に金時鐘のテクストを読んだり、筆者自身の生活やものを書く経験も積み重なるうちに、ようやく数年前になって、その理由の大筋を把握するに至った。したがって、以下のテクスト解釈の試みは、そうした長年にわたって不可解だった筆者の、両義的読後感の理由に関する個人的探索の報告でもある。

（2）〈教訓的読解〉と、それに対する違和感に始まる〈テクスト解釈の冒険〉

このテクストは、そのサブタイトル「朝鮮語教育の一年半」からも分かるように、教育実践の報告で、教員と生徒の対立から和解に至るサクセスストーリーである。その限りで言えば、それほど珍しいものでもなさそうなのだが、特筆に値することがいくつかある。先ずは際立ったドラマ性である。こともあろうに、鳴り物入りで迎え入れられた新任教師が、全校生徒を前にした新任の挨拶の場で、生徒から民族的侮蔑の罵倒を浴びせられる。そしてその後も、執拗に攻撃、挑発に曝される。しかし、それに屈服することなく毅然と立ち向かううちに、ついにはその生徒との和解ばかりか、その生徒がひそかに愛好して書いている詩を添削してやるなど、深い精神的な絆を結べそうな関係にまで至る。

しかも、その成功は一人の生徒と一人の教師といった個人レベルにとどまらない。問題生徒は部落出身であるのに対し、教師は在日朝鮮人であり、両者の対立はそもそも個人的なものではない。社会の朝鮮語の必修化に対する部落出身生徒の反発・抵抗、つまり民族対立が起点になっていた。社会の諸制度や偏見によって下層に押し込められている点では同じ境遇であるにも関わらず、何かと反目しあって生きている様々なマイノリティ集団の現実の生きざまが根底にあってこその、朝鮮人教師と部落出身生徒の軋轢に他ならなかった。したがって、その教師の格闘とその成果は、社会の全体状況に対する異議申し立ての成功事例となる。様々なマイノリティ集団が社会的制度や抑圧的なイデオロギーや根深い差別的心情に対して、手を携えて対抗し克服する展望と事例の提示、といった性格も備えていた。

当然のように、心ある読み手たちは感動し、その語り手であると同時に主人公でもある金時鐘は、そうした読者たちのヒーローになった。

ところが筆者は、そうしたテクストの展開に賛嘆しながらも、何かしら違和感、あげくは不快感のようなものすら抱いた。しかも、筆者と年齢は少し異なるけれども在日二世の男性という意味では同じ属性を備えた知人も、筆者と同じような読後感を抱いたことを最近になって知って、驚くと同時に意を強くした。そして、その知人と筆者に共通する読後感はいったい何に由来するのかを考えたあげくに、次のような仮説を立てるに至った。「自分」が「正しい言葉」によって「征服」される話を、衆人の前で得意げにひけらかす「指導者」かつ語り手に対する不快感だったのではないかと。つまり、反抗し、ついには立派な教師に手懐けられるようになった生徒と自分とを同一化したうえでの、当事者的不快感のようなものだったのではないか、というのである。

それに対して、そのテクストを読んで、筆者たちのような違和感を抱かなかった読者たちは、自分がその生徒の分身などとはつゆほどにも思わないのだろう。自分とはまったく別範疇に属する「問題生徒」が、日本では被抑圧者に他ならなかった主人公によって再生への道を歩みはじめる物語に感動し、その語り手であり主人公でもある金時鐘をヒーロー視して、そのあげくには、そのヒーローに自らを一体化してカタルシスを覚えたりするのではないか、と。

このように筆者は二種類の読者グループを想定したのだが、そうした読者タイプのモデル化は、初読から三〇年以上も後の何とも遅ればせの〈気づき〉と密接に関連している。そしてそれは、まったくの偶然の賜物というわけでもなく、かといって、その間にたえず継続してきた探索の成果でもなく、半ば偶然、半ば必然のようにして引き受けることになったある格闘の成果でもあった。

それがすなわち本書の第一章で論じた『ヂンダレ』における金時鐘のテクストに見出した戦略性だった。[14] その骨子を敢えて繰り返せば、以下のとおりである。

『ヂンダレ前期』におけるテクスト群にあって金時鐘は、サークル集団とその外延とを率いる指導者の一人として、集団を拡張・統合するために戦略的、戦術的言語を駆使する。詩を書いたことなどないのに、詩に憧れてサークル詩誌に集った人々にサークル詩の模範を示したり、詩の学習を勧めたり、叱咤激励を怠らなかった。禁止命令を発することによって集団の禁欲的エネルギーを高めて、その攻撃性を発揮する対象を設定する。自分自身は在日二世でないにも関わらず、在日二世を騙ることによって、在日二世を代表する議論を展開する。しかも、そうした戦略的なテクストに組み込まれた語りの技量は、にわか仕立てのものなどとはとうてい思えないレベルで、まるで天性のものとさえ思われるほどのものだった。但し、その種の戦略が誰に対しても有効とは限らず、それが有効な集団とそうではない集団とがあって、金時鐘はもっぱら有効な集団、或いは、有効な集団になりうる層に向けて、その戦略を駆使する。善き意思を持った人々、或いは、そうでありたいと願う人々がその対象なのである。『ヂンダレ』の場合は、貧困にあえぎ、そこから脱するために詩にあこがれた在日二世、三世の青年たちがその対象だった。

以上が、『ヂンダレ前期』における金時鐘のテクストに対する筆者の分析の骨子であった。そしてその分析結果が、先に触れた筆者の両義的な読後感にまつわる二種類の読者グループの想定と密接に繋がっている。

そこで、以下でもその読解方法を全面的に援用して「さらされるものとさらすもの」が筆者にもたらした共感と違和感との二律背反、そしてその大きな理由の一つと思われる金時鐘の〈語りの話法〉の析出を試みる。

（3）テクスト戦略の一～三――二重の時間、二つのテクスト、二つの世界

以下では、金時鐘の〈自分・在日語り〉の話法の析出に努めるのだが、それを行うにあたって必須の前提条件がある。既述のような常套的で感動的な意味世界からは、いったんは身を引き離してみなくてはならない。というのも、その種の意味世界は、語り手の戦略的話法に嵌ってしまっているからこそ立ち現れるものに他ならず、その種の読者にはその話法など意識されるはずもないからである。

さらに言えば、そうした意味世界を支えている倫理的価値判断などからも身を離して、もっぱらテクストの表面という無味乾燥なレベルにとどまる禁欲的姿勢を堅持しなくてはならない。テクストの表層レベルにおいて諸事件がどのように語られているか、そうしたテクストの現実に徹底的にこだわらねばならない。

さて、「さらされるものとさらすもの」の表層的なテクスト分析に入る。

このテクストは複数の語り手による語り、つまり物語の主人公でもある語り手による語り（以下では［語り金］と略記）と、主人公の先輩同僚である古林健司の語り（以下では［語り古］と略記）という二種類の語りで構成されていることに留意しながら、テクストの展開を順に辿ってみる。各項の末尾には、その項の語りの主体を［語り金］もしくは［語り古］のように示す[15]。

① まずは前振りである。着任して一年半が過ぎて少しは落ち着いたが、問題が解決したわけではなく、かえって不安なくらいである。その不安の根源には、過去のいくつかの事件がある。こうし

て、物語内容の時間は語り手の着任前後である一年半前に遡っていく。［語り金］

② 主人公の着任前後のエピソードが語られる。初手から語り手かつ主人公は、信じがたい失敗をしでかした。着任予定の高校を初訪問したが、二時間待っても、訪問目的であった同僚たちとの初対面も果たせず、すごすごと帰路につく。そして後になってようやく、その学校には全日制のエリート高校と夜間の定時制高校とが、それぞれ別の名前で併設されており、自分がひたすら待っていたのは昼間の学校関連の場所だったことに気づく。着任するにあたっては、〈一斉糾弾〉の代名詞でもあったその高校に関する基礎知識くらいは修得しておかねばならなかったのに、何とも信じがたい失態である。［語り金］

③ 新任式での出来事

（Ⅰ）校長の紹介を受けて語り手が新任の挨拶のために演台に立ってからのことが、年下でありながらも、職場では先輩にあたる同僚の古林文の引用によって叙述される。語り手はその高校で生徒全員が朝鮮語を学ぶべき理由について、連綿と演説を展開する。それを聞いていた先輩同僚は、その「優れた言語論」に大いに感動しながらも、そうした演説は地底の世界に押しやられて生きることを強いられてきたこの学校の生徒たちに届きはしない、とコメントする。［語り古］

（Ⅱ）次いでは、語り手の言語論に高い評価を下す一方で、現場の子どもたちの心の内にも十分以上の洞察力を持ち、しかもすでにその現場の経験に富んでいる同僚でさえもが予期できなかった事件が勃発する。部落出身の生徒が演説を終えた「語り手」に対して、「チョーセン！」と民族的侮

蔑の叫びを投げつけるのである。［語り古］
（Ⅲ）そうした予想外の事態を受けて語り手はようやく、新任式という大事な席でまたしても、とんでもない失態を演じたことに気づく。しかし、自分に対して手厳しい拒否の態度を示したその生徒のことを、「湊川で一番先に密着できる生徒があるとすれば、彼であろうと思う」などと、まるで当事者ではなく、預言者のような一節をさりげなく書き記す。［語り金］
④　その後も、語り手と生徒たちの間で、何故に朝鮮語を学ばねばならないかなどについての、厳しい鍔迫り合いが繰り返される。それでも語り手は身をさらして持論を主張し続け、ついにはそんな「根性」が当該生徒にも認められる。つまり、先の語り手の〈預言〉どおりに事態は展開する。ほとんど致命的な失敗を繰り返してきた語り手も、植民地下の皇国少年からの覚醒・脱皮、さらには在日経験を担保として、すこぶる反抗的な被抑圧生徒の理解を得る能力を証明する。しかも、その生徒がひそかに愛好する詩の添削を引き受けるなど、精神的絆まで結べそうになる。その後、語りの時間はその過去から現在、つまり冒頭の時間に向かっていく。［語り金］
⑤　語りの時間がこのテクスト全体の冒頭に回帰する。相変わらず問題が山積している。限られた授業時間、生徒たちの厳しい生活・教育環境の中で、朝鮮語教育は遅々として進まない。しかし、懸命に工夫を重ねるうちに、身障者の女生徒が熱心に楽しみながら朝鮮語を学んでいる姿に遭遇して、朝鮮語をこの学校の生徒たちに教える意義を再確認する。こんな〈地底〉のような場所でも、否、そうだからこそかえって、その女生徒の無垢な微笑みと学びの喜びを全身で表現している姿が

輝きを放つ。ともすれば徒労感にさいなまれがちだが、一時的ではあっても労苦は報われ、さらなる前進を自らに誓う。［語り金］

以上のように、このテクストの時間構成は、現在、過去、現在といった額縁形式になっており、しかもそれと並行して、前後二つの現在時のことは［語り金］に、それによって挟みこまれた過去の事件のほとんどは、［語り古］、つまり学校事情に詳しい古林健司の先行テクストの引用となっており、語り手のレベルでも額縁構成になっているなど、他者のテクストが相当に重要な位置を占めている。それでいながら、その多元性、多声性が活かされるよりもむしろ、このテクスト総体の語り手、つまりは［語り金］の作者が、その［語り古］を自らの都合に合わせて活用することで、究極的には語り手という一極に収斂する構図になっている。

もう少し、具体的に述べてみる。新任式の事件は［語り古］によって語られ、語り手の演説に甚だ高い評価を与えている。その一方で、その演説の、時と場所と相手に関する過誤もなるほど指摘しているのだが、そうした否定的言及も結局は、肯定的評価に転化し、むしろその肯定性を強化するような仕組みになっている。というのも、失敗後の［語り金］による、主人公（つまり語り手）の背筋を伸ばした粘り強い実践、さらには、何が根拠なのかは主人公以外の誰にも分かりようがない確信に満ちた主張によって、おつりがくるほどに補償される。こうして、主人公の初訪問時や新任挨拶時の信じがたい失敗などのすべてが、あたかも通過儀礼のようにして肯定的に意味づけられる。さらには、その新任式以降の主人公による生徒たちとの交流、さらには〈征服〉とでも呼びたくなるような語りによって、むしろその価値を高める機能さえも果たしている。

すなわち、一斉糾弾に関わる先輩教師である古林が、新任教師の林大造の着任とそれ以降の顚末の大筋を明らかにするばかりか、林大造（金時鐘）の人格、思想、その他に対する称賛を縷々と記した［語り古］の語りを、自らの都合のいいように組み替えて改作することが［語り金］内への［語り古］の導入の機能なのである。少し大げさに言えば、［語り金］による［語り古］の意味作用の簒奪、もしくは植民地化ということにもなる。

そうしたことは、とりわけバージョン③において白日のもとに露呈する。そのバージョンを含む『はるかなる波濤――在日朝鮮人生徒の再生にかけて』は四章で構成され、最終章はこのテクストと同じく「さらされるものとさらすもの」という章名を与えられている。そしてそこでは、先ずは古林健司の「朝問研の周辺で―特に部落研との関係に即して―」、次いでは、そのテクストの引用を含む金時鐘の「さらされるものとさらすもの」という二篇の実践報告が掲載されている。つまり、二つのテクストがペアでおさめられて、前に置かれた古林文では、新任式とそれ以後の金時鐘の活躍、つまり、金時鐘のテクストで語られる事件が既に相当に綿密に紹介されている。そればかりか、新任式で金時鐘に強烈なカウンターパンチを食らわせた生徒と既に一定の信頼関係を育くんでいた古林は、その事件後にも、その生徒と金時鐘の仲介役を自ら買って出て、それとなく適切な気遣いと行動を実践していたことまでもが、実に淡々とした筆致で紹介されている。

したがって、金時鐘のこのテクスト総体は、自分に対する尊敬の念がにじみ出るばかりか、事件の前後の隅々にまで目配りが行き届いた古林の優れた報告を下敷きにして、しかもその一部は完全引用の形で利用したうえで、自らの預言者的洞察と、努力と論理によって、敵対する生徒たちのシンボル的存在を〈征服〉するに至ったことを、語りの技法をフルに活用して叙述したものに他ならない。このバージョンでは、そうした二つのテクストの関係性が、誰であろうと誤解することなどありえない形で提示されているのである。

ところが、それ以外の三つのバージョンでは、そうしたテクストの生成過程はほとんど分からない。金時鐘文が古林文を引用していることはそのテクスト内で明らかにされているのだが、読者一般がそうした事情をどこまで意識してそのテクストを読むだろうか。そもそも古林文が本来どのようなもので、その引用文がどのようなコンテクストに位置付けられているのかといった事情など分かるはずもない。それを確認するために、古林文が掲載されている書物をわざわざ探し出し、それを参照して読むようなことを敢えてするような読者はごく稀だろう。普通は古林文とは独立・自立した金時鐘個人の作品として読む。つまり、古林文は金時鐘文の刺身のツマくらいにしか、それも金時鐘のテクストに奉仕する限りでしか意識されないだろう。筆者もまた、最初に読んだのはバージョン②だったので、そんなことに気づいた記憶もない。要するに、一般的にはそれら二つのテクスト同士の非対称性は秘匿されているも同然なのである。ところが、その一方で語りを実践している金時鐘自身は、その非対称性をむしろ積極的に活用しており、その結果としてのこのテクスト総

体は、金時鐘の戦略的話法の結晶体となっている。(16)

(4) テクスト戦略の四——テクスト内とテクスト外的テクストとの重層的関係性

以上のような、他者のテクストの活用による自己のテクストの価値の〈競り上げ〉とでも呼べそうなことが、この金時鐘のテクストにはさらに幾重ものレベルで見出される。

先ずは、自らのテクスト内への古林文の取り込みのように、その関係を明示したうえでの活用とは異なり、そのテクスト自体ではまったく言及されていなくても、当時の事情をいくらかは調べたうえでテクスト解釈の冒険を試みる筆者のような者には、透けて見える別テクストとの関係である。

実はこの新任式では、朝鮮語を正課化するにあたっての湊川高校教員集団による「説明文」が、参加者全員に配られていた。そこでは新任の金時鐘（林大造）に関して、一つは明らかな嘘、もう一つは嘘かどうかのグレーゾーンに属しそうな内容が忍ばせてあった。前者に属するのは、「師範学校卒」という明らかな嘘、後者は「朝鮮語の長い教歴を持つ素晴らしい人材」で、彼が在日の民族学校の初等科で朝鮮語を教えていたことは確かなのだが、「長い教歴」では到底ないので、「本当の本当か？」などと詰問されでもしたら返答に窮するようなレベルのことである。彼を引き入れた教員集団の、特に指導部はその両者、特に前者については確実に知っていたはずなのに、生徒に配布した文章で〈嘘まみれの権威付け〉を敢行するばかりか、その文章を後に、本書の第1章で既に長々と引用した『湊川五十年史』という公的資料にも誇らしげに収録している。

その程度のことは社交辞令のようなもので許容範囲という考え方もあるのだろうが、それも時と場合によるだろう。それが他ならぬ湊川高校でなされていたからこそ、そしてそこに招かれた金時鐘絡みでなされたからこそ、問題とせざるを得ないのである。

そもそも朝鮮語の正課化とは、〈誤った〉民族的序列に基づく従来の外国語教育を糺すための実践の一過程であった。ところが、その異議申し立て運動の拠点において、その運動を新たに担う教員を招きいれる儀式で、湊川高校の教員集団は自分たちにとっての大義に悖るばかりか、嘘にまみれた権威主義を臆面もなく発揮していたのである。それだけでも、何重もの権威主義に長らく抑えつけられながら生きてこざるを得なかった、この高校の生徒たちの反発を引き起こしても不思議ではない。

次いでは、新任式での事件に絡むコンテクストとの関係である。当時、湊川の教員集団を束ねていた西田秀秋は、ずいぶん後に刊行した書物の付録の中で、その新任式での金時鐘に対する生徒の反抗の原因について、以下のように校長にその責を負わせるような種明かしをしているのだが、そこにも先に触れたことと繋がる嘘を挟みこんでいる。

「林（りん）さんがきたとき、元同志社大学の講師や言うたらアカンと言うとんのに、その時の校長がわざわざ講堂で言うたもんで生徒らが怒り出したんです。「そないエライ先生、うちへ来てもらわんでもええがえ」肩書でモノいわそうとしたから、反発したんです。「そないごたいそうな肩書でうちへ来てもらわんでもええがい(17)」

自分たちが配布文書で既に権威主義的な嘘をついておきながら、校長の「純さ、世間知らず」を嘲笑《あざわら》いながら責任を校長に帰しているのだが、先にも触れたように、全員に対して配布した「説明文」で既に校長以上の嘘をついた張本人は西田たちだった。このように見てくると、公の場で問題生徒を新任教師の前に立ちはだからせ、それでもって新任教師の通過儀礼（お手並み拝見）代わりの舞台に仕立てあげることが、ほとんど無意識裡に、或いは、「運動」の必然的な成り行きとして、教員総意で用意されていたのではと、言いたくなるほどである。

そして、そのように準備万端が整った舞台上で、筋書き通りに〈芝居〉が演じられ、結果は予想以上の出来映えだったばかりか、それをまた主人公かつ語り手の金時鐘が同僚である古林のテクストを活用するなどして、予想以上に見事に語りきった。つまり、集団制作の〈善意の嘘〉にまみれた一幕が金時鐘の技によって磨きこまれて結晶したのがこのテクストということになる。

ことのついでに言えば、新任式の事件の契機となる朝鮮語の正規化の裏事情についても、西田は自慢気に語る。新任式の演壇上で自己紹介がてらに開陳し、「語り古」によって称賛される金時鐘の言語観や朝鮮語を学ぶべき理由もまた、実は金時鐘独自のものと言うより、彼を呼び込んだ西田の思惑を十分に取り入れたものだったらしい。

「私は林さんにくれぐれもここでは、あらゆる差別に対抗するためにこそ、朝鮮語を教え、学ぶんだという立場を忘れないでくださいとあらかじめ言っていたんですよ」

したがって、朝鮮語の正課化に関して、新任挨拶として演壇上で開陳され、金時鐘独自のものとして称賛されていそうな朝鮮語教育論といったものも、実は既に湊川の教員集団の説明文に、さらには指導者から直々に、まるでお達しのように金時鐘に伝えられていたものに他ならず、湊川の教員集団、さらには、一斉糾弾の教員集団の総意が反映されたものであった。しかし、それを金時鐘ほど劇的に、そして感動的に語れるような人は他にはいなかっただろう。

最後にもう一つ。神戸の一斉糾弾闘争における金時鐘の功績を紹介するにあたってよく用いられる、「日本の公立学校で初めての正課としての朝鮮語の教師になった金時鐘」といったキャッチフレーズについても、西田が長年にわたって仕切っていた湊川高校の楽屋裏を覗いてみると、さほど単純なものではなく、キャッチフレーズと現実との間に大きな落差があることが分かる。これも西田の弁である。

「朝鮮語を設置したのは、一九六九年です。解放運動の中の思想性として、朝鮮人問題に部落の人間が本気でかかわるために、というか、日本人としての発想をインターナショナルな広がりを持つものにするためには、……一九六九年、すでに朝鮮語をやれる教師をということで、天理大卒の池川という人ですが、—その時に朝鮮語を生徒に学習させる目標は実施に移されているのです。……その頃一斉糾弾校が二三校ありました。最低限十個の公立高校で正課として朝鮮語講座開設というのがわたしの夢やったんですが……湊川の場合、四年間は実施期間（筆者注、試行期間くらいの意味だろう）やと、しかし実質は朝鮮語の教科書を使う、教師の身分は教諭、実習助手扱いとして保障する。それから実質上正課にすることに同意する。そういう項目を確認したうえで、対外的には朝鮮語を設置し正課としてやってることは四年間は公にしないという約束のもとに、その形態で湊川の朝鮮語は設置してきました」

この証言を信じれば、金時鐘は既にレールが敷かれていただけでなく、四年にもわたって試運転が重ねられてきた新路線のお披露目に招待されて以来、その路線の電車に乗り続け、それを自らの生活と言論・文学活動の糧にしてきたとも言えそうなのである。

以上のように、教育実践報告としての「さらされるものとさらすもの」は、書き手の重層的なテクスト戦略もしくは話法と、その書き手や周辺の人物たちの思惑とが幾重にも絡みあった集団的作品とでも言えそうな性格を備えていた。それもあって、当時の運動圏内の数々の文章の中でも、別格の扱いがされたようである。例えば、先に述べたバージョン③と、金時鐘個人のエッセイ集で、ここで論じているテクストと同名のタイトルのバージョン②とがほぼ同時に出版されている[18]。

金時鐘は一斉糾弾の広告塔の役割を期待され、その適任者であることを証明したことになるところで、このテクストはそうした共同性の一方で、既に何度も触れてきたように、金時鐘ならではの性格も備えており、その両者が絡み合ってこそ独特の衝迫力を発揮する。その意味においてまさに金時鐘的な〈自分・在日語り〉と呼ぶに値する。新書判で僅か二〇頁ほどの短文について、過大なほどの紙幅を割いて検討を加えている所以でもある。

4　テクスト戦略の五――〈強迫観念〉が備える〈威嚇効果〉の積極的活用

(1) 私的な〈強迫観念〉の露出

前節で見てきた巧みな戦略とは甚だ異質なばかりか、むしろそれらの戦略的配慮を台無しにしかねない〈異形の章句〉が　このテクストには随所に挟み込まれている。金時鐘の個人史に関する自己認識もしくは〈強迫観念〉に発する語句もしくは理屈である。ところが、実はそれさえも、既述のテクスト戦略と相乗作用を起こして、読者を見事に取り込む機能を果たしている。例えば、次のような呼びかけの形をとった自己言及がそれである。

「K君よ。K君ならずとも多くの若い日本の友人達よ。私が分からないわけでは決してないのだ。私も苦学をしたもののひとりであることを覚えてておくれ」

これは第一義的には特定の生徒への呼びかけだが、実際にその生徒がこのテクストを読むことは想定されていないだろう。むしろ、これを読むに違いない教師仲間、運動仲間、さらにはその人たちと志向性や情動の傾向性において連なりそうな読者一般に対して、「自分はそうした覚悟、考え方で生徒たちと向かい合っている」ことをアピールしているのであろう。そしてそのことは、「K君ならずとも多くの……日本の友人よ」と明示的に告白されてもいる。

したがって、読者に対して「私もすごい苦学をしたということを覚えててくれ」と訴えていることになるのだが、筆者などからすれば、いかにもわざとらしく、しかも押しつけがましいので、ついつい腰が引けてしまう。初読の際に筆者の心のうちで兆した「生徒は出し」という印象の延長上での必然的な違和感である。

しかし、ここではそうした個人的感触はさておいて、その「苦学」なるものが何を意味しているかにこだわってみる。はたしてこの語り手、つまり金時鐘は本当に苦学したのかという、金時鐘の読者一般なら、あまりにも意外すぎて唖然としてしまいそうな、あげくは反感まで買いそうな問いを発してみる。

(2) 金時鐘の「苦学」

何故、そのような問いを立てるかと言えば、自らの教育体験についての金時鐘本人の数々の証言、さらにはその環境にまつわる筆者の知識や状況認識に照らせば、その「苦学」という言葉が理解しにくいからである。そしてまた、それなのに一般の金時鐘の読者たちは、いとも容易にその「苦学」を信じこんでいそうなことが、不可解だからでもある。そして、その不可解さは、その「苦学」にとどまらない。金時鐘の〈自分・在日語り〉で出合う数々の証言や主張についても同様である。そこで以下では、金時鐘の私的経験と、それについての当人の認識、そしてテクスト、さらにはそれと一般読者との関係性についての検証の試みとなる。

金時鐘が幼少年時代に暮らしていたのは、植民地下朝鮮の僻地である済州島だったが、その家には何と日本の文学全集なども揃い、父親は日本の新聞を定期購読していたらしい。また中等教育としては本土の光州（当時は行政的に済州島が含まれていた全羅南道の中心都市）の師範学校に進学するなど、当時の朝鮮、とりわけ辺境の済州の子どもとしては相当に恵まれた知的資本と教育体験の持ち主なのである。そうした事実を他ならぬ金時鐘自身の書き物や証言を通して知っている者からすれば、その人が「理解してくれ、覚えていてくれ」と訴えている「苦学」とはいったい何のことなのか合点がいかない。そこで、その苦学については別の可能性も考えてみなくてはならない。

正真正銘の皇国少年だったからこそ、「解放」後にはそこから脱皮して〈真正な朝鮮人〉になるために、「壁に爪を立てるようにして」民族言語を学んだ。さらには、その後に事情があって日本で暮らすようになり、しかも日本語で文学活動をするようになると、「日本語に抵抗するもう一つの日本語」を創り出すために、大変な格闘を続けなければならなかった。だからこそ「自分の日本語には元手がかかっている」などと本人が常々、誇らしげ気に語ってきた「格闘」のことを言っているのかもしれない。しかし、もし彼の言う「苦学」がそういうことならば、それは客観的事実というよりも、個人的な思い込みに類するものと考えた方がよさそうなのである。そこで改めて、金時鐘における日本語と朝鮮語の関係について考えてみる。

慙愧の念に堪えない口調で、自らの皇国少年ぶりについて語る金時鐘なのだが、その時代に彼は日常的にどんな言葉を使っていたのだろうか。ある時期以降は学校で朝鮮語の発話が禁止されていたにせよ、両親とともに暮らしていた済州の家や母方の実家や親族、そして一時的に預けられていたらしい元山の父方の祖父母の家やその周辺、さらには、済州での幼馴染や済州出身である母の知己・友人、母が営む料理屋の下働きやそこに出入りする客や商人など、そうした人々のすべてが、生活言語として日本語を話していたはずがない。話せていたはずがない。その多くの人々は学校など通ったこともなく、ましてや日本語教育などまともに受けたはずもなかった。要するに金時鐘の母語、そして生活言語は、主に済州語と元山語を基盤にした朝鮮語だったはずである。したがって、解放後に民族語を習得するために「壁に爪を立てて」云々の苦行を強いられたというのは、彼の心理的現実もしくは修辞の疑いが濃厚である。

しかも、優れた皇国少年だった頃であっても、漢字については十分以上に習得していたはずである。そうでなければ、済州から海を越えた陸地（本土）にある光州の師範学校に進学できるわけもなかった。それにまた、済州での初等教育の時代から家で日本の文学全集や詩を愛読していたらしいのだから、漢字を習得していたことは間違いがない。読みは日本語の音訓であったとしても、である。

したがって、解放後になって民族語を学び始めたと言っても、既に十分に話せていた日常語としての民族語という基本的で決定的な素養のうえに、日常的な生活言語である朝鮮語のハングル表記、そして、それまでの日本語教育で十分以上に習得してしまっていた漢字の、ハングル表記だけを新たに学べば事足りたはずである。

しかも、そうしたことは金時鐘だけの経験ではない。同世代の学校に通っていた男子ならばすべてほぼ同じような経験をしていた。その人たちの多くもその難儀について話すことがあっても、それを「壁に爪を立てて」などとは言わないだろう。日本語に通じてさえいれば、漢字のハングル読みの習得などそれほど難しいことではないからである。例えば、筆者のように民族語をまともに話せない在日二世でも、漢字のハングル表記は難儀というより、クイズ的な楽しさもあって、ついつい熱中してしまうことさえあるほどである。それほどに、漢字のハングル読みの習得などは苦学とは程遠い。

それにまた、自分の努力などとは関係なく、あたかも当然のように彼が享受していた知的資本や教育経験は、同時代の植民地下朝鮮の、とりわけ済州の女性一般と比べれば、比較にならないレベルだった。そんなことも考えあわせれば、彼のその後の民族語の獲得過程のことを「苦学」などとは一般には言えないだろう。

但し、先にも触れたように、彼固有の心理表現としてならば、難癖をつけることなどできるわけもない。そしてまた、主観的現実と客観的現実との間に価値の上下関係を設定して、前者を貶める必要もない。しかし、その程度のことをもって「爪」云々と繰り返し吹聴する金時鐘という人物の独特な心的傾向、そしてそれと密接に関係しているはずの言葉の癖という限定つきで、彼の表現を理解しておいた方がよさそうなである。

さらには、そうした固有名詞付きの〈強迫観念〉のようなものを、他者、つまりは自分に好意的な日本人読者に対する〈威嚇〉であると同時に〈同調〉の強要の方便として巧みに活用できる資質、それをしっかりと確認したうえで、金時鐘の語りについて考えねばならないだろう。そこで、そうした問題の検討にもう少し立ち入ってみる。

(3) 私的な〈強迫観念〉すらも同調を強いる〈威嚇〉に転化する〈テクスト戦略〉

経済的にも教育資産においても、周囲の一般の子どもと比べれば相当に恵まれた子ども時代を過ごしていたのに、金時鐘自身はそれを「苦学」と主張する。それは個人的な強迫観念の色合いが濃く、それを他人が云々する謂れなどあるはずもない。しかしながら、それを自己防御の鎧として、さらには攻撃の矛としても活用していそうだからこそ、問題視している。しかも、生まれてこの方、公的に言葉を発することなどできず、たとえ稀に発したとしても聞き届けてもらうことなど叶わなかった在日二・三世や部落出身や僻地から流れてきた最下層の都市労働者の子どもたちに対して、さらにはそんな彼ら彼女らを「出し」にすることで読者一般に対して、〈威嚇〉の印象を弱める緩衝材として活用していそうにも思えるので、敢えて批判的に検討しているのである。

このテクストにおいてもっぱら形式的に呼びかけられているにすぎない生徒たちには、そんな「苦学」など分かるはずもないし、分かる必要もなく、読者もまたしかりと、筆者なら考える。ところが、このテクストの読者として想定され、実際にそれを読む類の人たちは、そうした金時鐘の〈異形の声〉を何の留保もなく分かった気にならなければならないと信じ、その種の〈殺し文句〉を連発する語り手を仰ぎ見たのだろう。評判は高く、金時鐘の読者層が一気に広がった。これまでに疑義を呈してきたように、根拠が疑わしい「苦学」を筆頭とした〈威嚇〉の効果は、てきめんだったことになる。

以上のように解釈する筆者のような読者には、金時鐘のその他の感動的な〈警句〉や〈教え諭し〉も、当然のように胡散臭く見える。ところがそんな筆者でも、時にはそれらの〈殺し文句〉に圧倒されることもあるのだから、そうした技を巧みに駆使する金時鐘の言葉の技は並大抵のレベルではなく、それだけに厄介極まりない語りの装置なのである。

しかもそれだけではない。次の一節などは、どのように理解すればいいのだろうか。

「正直に言おう。私に勇気があって、あの場を耐えたのではない。しいたげられてきたものの一人として、ほんとうにおこったときの怒りがなんであるかを、私は知っているのだ。君たちの怒りあれは怒りではない。虚勢だ。その程度の虚勢で『朝鮮語』が追い立てられてたまるか！　ましてや部落の君たちと朝鮮人の私とでは、怒りあう仲ではさらさらないのだ。私のがんばった理由は一つだ。再度『朝鮮語』をはずかしめる側の『日本人』に、君たちを入れてはならなかったのだ」

この種の〈名台詞〉が、それほど長くもないテクストの随所で、これでもかこれでもかと繰り返される。そして当然の如く、そうした章句には彼固有の話法の重要な要素も組み込まれている。

「ほんとうに……を私は知っているんだ。……」

どんなことであれ、〈本当のこと〉はすべて、そして先験的に語り手が一手に握っている。何故そんなことが言えるのか、それを知っているのも語り手だけである。それなのに、かつての日本の植民地支配に対する贖罪意識を持った人々の少なからずは、贖罪代わりというわけなのか、そんな言葉の真偽などはお構いなく、そっくりそのまま受け容れる。そうしないと、その先を読み続けることは堪えられなくなってしまい、そのあげくに語り手が主導する「正義」や「真理」の側に属せなくなると危惧するのであろうか。そこで、とりあえずは信じたつもりになって、言葉に乗ったり乗せられたりしているうちに、最初は微かに芽生えた疑義などもすっかり忘れ去って、快い陶酔に耽るのかもしれない。或いはまた、甚だ純真に信じ切っているように振る舞うそうした読者たちも、本当はそれほど無邪気ではないのかもしれない。書き手の言うことを信じさえすれば、責任はすべて語り手に委ねることができるのだから、気持ちも肩も軽くして正義や真理の側にとどまれる、といった無意識半分、計算半分というのが、正直なところなのかもしれない。

（4）総合的〈テクスト戦略〉の〈告白〉としての「さらされるものとさらすもの」

以上のような、個人的信憑や強迫観念の類を様々な粉飾のもとに読者に押し付ける話法は、実は、このテクストのタイトル自体に明示されている。つまり、このテクストは大っぴらな告白でもある。正直すぎる告白によってこそ自らを隠せるという、語りの、そして人生の秘訣を、この語り手はすっかり体得していそうなのである。

追及や糾弾を受けてどうにも致し方なく語り始める時、人はまさに〈さらされ〉て、言葉は途切れ、息苦しく、うめいたり、吃音になったりもして、分かりやすく快い言葉になどは、なかなかならない。ところが、最初はそのように〈さらされて〉絞り出された告白や自己批判も、繰り返されるうちに惰性化したり錬磨されたりもして衝迫力をなくしたあげくには、理解が容易過ぎる紋切り型になったりもする。

そこで、そうはならないうちに、先手を打って意識的に〈さらす〉という戦略を用いると、イニシアチブを保持したまま攻撃に転じることができる。そのようにして、金時鐘は自ら進んで〈さらす〉。もちろん、〈さらしたい〉ことを〈さらす〉のであって、〈さらしたくない〉ことは〈さらさない〉。

金時鐘のテクストにあっては、語り手は読者に関する綿密な計算に基づいて、しかも、政治的なオーガナイザーとしての語りの経験によって錬磨した〈自分・在日語り〉の話法をフルに活用して、自らを〈さらす〉。但し、先にも述べたように、〈さらしたい〉ことを〈さらす〉のであって、その反対に〈さらしたくない〉ことは矮小化するか隠蔽する。つまり、金時鐘の語りに必須の要素の一つでもある〈故意の言い落とし〉を駆使する。

そうしたことがほとんど体質化しているのが金時鐘の、少なくとも〈自分・在日語り〉なのであり、それはひょっとしたら、彼の語り全般、さらには彼の実生活上のサバイバルのための最大の武器であったのかもしれない。

まとめにかえて

以上、一九六〇年代末から七〇年代の中盤まで、兵庫県の数多くの高校で、現代日本の常識からすれば信じがたいほどに数々の成果を達成した〈一斉糾弾闘争〉と、在日を代表する知識人、そして詩人としての評価が高い金時鐘との関わりの初期を対象に、特に金時鐘の〈自分・在日語り〉の話法の析出に努めながら、その問題点を指摘してきた。

つまり、彼の〈自分・在日語り〉を具体的な現実と対照し、語られていることと現実との齟齬、対立などを明確にすることに努めた。そのために、多様で重層的なテクスト戦略の分析には必須と思われた〈テクスト読解の冒険〉を敢行した。

その作業にあたっては、金時鐘に関する一般の議論がもっぱら金時鐘称賛に傾いている状況に鑑みて、バランスをとるといった配慮も働いて、否定的側面が前面を覆うような傾向が強くなった。しかし、それは決して、金時鐘が様々な領域で果たしてきた業績を無視したり貶めたりしようとする意図からではない。むしろ、その業績を正当に評価して、あるべき位置に再配置したいという意図に基づく試みの、しかも一つの過程にすぎない。

ともかく、本章で析出するに至ったテクストの戦略と話法、そしてその析出に際して採用したテクスト分析の方法は、この時期以降、つまり一斉糾弾闘争の転換過程はもちろん、さらにその後における金時鐘のあらゆる言論活動や行動の分析にとっても、有用な基盤となるだろう。

さらには、金時鐘の話法についてのそうした知見は、一斉糾弾の、特に在日に関する議論にも新たな視点を提供するはずである。もっぱら金時鐘の語りによって理解されてきた感のある一斉糾弾における在日像は、金時鐘が提示した枠組みから解き放ってみると、相当に異なった相貌で立ち現れてくる。しかも、一斉糾弾などと名乗っていなくても、その志向性につながる数々の運動が現在に至っても地道に継続されており、そうした一斉糾弾闘争と志向性において密接に繫がる現代の諸運動の豊かな相貌の発見も、金時鐘の話法を踏まえた一斉糾弾闘争の見直しによって可能になるかもしれない。但し、そうした取り組みはまだ始まったばかりであり、残された課題は多い。

注

（1）本章と次章は科研費（17KCCK04171）の助成による成果の一部であり、二〇二〇年二月七日の青丘文庫研究会での口頭発表の前半部を論文化したのが本章、後半を基盤としたのが次章である。

（2）参考資料を二種類に分けて列挙する。

一　現場の教員たちのリアルタイムの実践報告

福地幸造・西田秀秋編『在日朝鮮青年の記録』、三省堂新書、一九七〇年

湊川高校教師集団『壁に挑む教師たち』、三省堂新書、一九七三年

尼工教師集団『教師を焼く炎』、三省堂新書、一九七三年

兵庫県解放教育研究会編『はるかなる波濤―在日朝鮮人生徒の再生にかけて―』、一九七五年
兵庫県解放教育研究会編『はるかなる波濤　下―同化へのあらがい「在日」の意味を―』、一九七六年
兵庫県解放教育研究会編『在日朝鮮人生徒の就職保障闘争』上巻、一九七五年

二　資料もしくは研究

兵庫在日外国人人権協会編『兵庫在日外国人人権協会四〇年誌　民族差別と排外に抗して―在日韓国・朝鮮人差別撤廃運動1　一九七五―二〇一五』』二〇一五年
藤川正夫「外国籍教員の任用問題の構図」、『公立学校における外国籍教員の実態と問題の解明、科研研究成果報告書』（科研費24653256、研究代表者：中島智子）
藤川正夫・薮田直子「近畿圏における経験―常勤講師の制度的矛盾が露呈する近畿の現場」、『グローバル化時代における各国公立学校の外国籍教員任用の類型とその背景に関する研究成果報告書』（科研費成果報告書、JP15K04326、研究代表者：広瀬義徳）

（3）小林茂、坂本三好「戦後の教育」部落解放・人権研究所編『部落問題・人権事典ウェブ版』二〇一五年、二〇一九年八月二〇日最終アクセス
（4）辻本久夫「兵庫の解放運動と在日コリアン（回想）」、『ひょうご部落解放』二〇一九年夏号、ひょうご部落解放・人権研究所　一七三号では次のように記述されている。
「八鹿高校差別事件」後の七五年度末、「進指研」は……それ以降の公務員の国籍条項撤廃の取り組みを中止した。そのため、残っている県内の七市七十町の国籍条項を、「兵庫在日韓国朝鮮人教育を考える会」の神谷

重章さんがほとんど一人で撤廃させた……

右記の神谷氏の運動は主に播磨地区で大きな役割を果たしたのに対し、阪神地区では「民族差別と闘う連絡協議会（民闘連）」や「兵庫在日朝鮮人教育を考える会（考える会）」が大きな役割を果たした。

因みに、〈一斉糾弾〉の歴史は、実は今でも多様な意味で継続している。一方には、一斉糾弾に対する厳しい反動としての極端な管理主義教育がもたらした痛ましい事故や事件がある。それが頻繁に関西圏、特に兵庫県のメディアを賑わしはするが、すぐさま矮小化されたあげくに忘れ去られ、本質的には何も変わらないままに、同じようなことが形を変えて何度も繰り返されている。

他方では、指導部の方針転換に反対し、その後は一斉糾弾と名乗らなくても、諸種の差別撤廃の運動が地道に継続しており、むしろそれらこそが一斉糾弾の延長上に位置しているという見方も十分に可能である。そしてそうした観点に立てば、一斉糾弾闘争の中核を自任していた湊川高校などのその後の方が一斉糾弾闘争の変質とみなすこともできるし、そうした変質過程における金時鐘の役割という視点も浮かび上がってくるのだが、それについては次章で詳細に論じることになる。
(5) 全国の高校紛争については日本教育新聞社『日本教育年鑑一九七一年版（昭和四六年版）』全一二巻、学生運動　では次のように記されている。
「警察庁のまとめた資料によると、六九年一～一二月間に高校生による学校封鎖事件は七五、警察部隊の出動は一二都道府県二一校、二九回に及び、出動警官は延べ二四〇〇人、検挙生徒は七八人……七〇年に入ってもなお高校紛争は収まらず、さらに二、三月の卒業式紛争にまで続いた。七〇年の卒業式紛争は全国で三五四校におよび、全高校の八％にあたり、六九年卒業式紛争の三・五倍……その走りは、静岡県の掛川西高校で、六月八日のアスパック反対運動に参加して処分、その撤回闘争が、東京の青山高校に波及……西では、大阪の清水谷、神戸市の須磨……バリケード封鎖が兵庫高砂……」

（6）玄善允「在日の精神史からみた生野民族文化祭の前史―在日の二世以降世代の諸運動と「民族祭り」」、『民族まつりの創造と展開』（科研費22520069、研究代表者：飯田剛史）

（7）一九七三年、七四年頃に、筆者は大学奨学生として足しげく通っていた朝鮮奨学会関西支部から派遣されて、兵庫県の尼崎工業高校には月例で三回ほど、大阪の柴島高校には春休みの集中の課外活動のような形で五日ほど、さらに筆者自身の母校である大阪市立東三国中学には一回だけ赴いて、教員や生徒たちと話し合ったり、在日の渡航史やハングルの初歩を教えたりしたことがある。そして、それらの生徒たちと筆者とは同じ在日二世や三世でしかも年齢差もあまりないという同質性を備えていたのに、それらの現場で献身的に生徒たちに「奉仕」している日本人教員たちと比べれば、あくまでも外部の存在にすぎないことを痛感させられた。そうした相当に〈感傷的〉な経験が、この前後の記述に少なからず影響を与えているだろう。

（8）『兵教組四〇年史』（一九八七年七月、兵庫県教職員組合）では、「一九七二年（昭和四七年）同和加配教員八六名獲得」と記されている。

（9）金重紘二「素顔で別れたい……加配教師としての私の位置を確めるために」、『朝鮮研究』、一三四、一九七四年

（10）藤原史郎『在日朝鮮人教育入門二』全国在日朝鮮人教育研究協議会、一九九五年、二八頁

（11）以上については、注（2）であげた文献、特に藤川などに主に基づいているが、それに加えて、兵庫県の元高校教師だった複数の方々のご教示も参考にした。記して心からの感謝の気持ちをお伝えしたい。

（12）この前後の記述については、注（7）でも言及した筆者の私的経験に基づく信憑も大いに関係している。当時、京阪神地域の高校の教員たちが在日関連で最も頼りにしていた団体、そしてその団体の中心人物であるC

氏が、日本の初等教育から高等教育までの様々な教育機関からの相談や依頼を受けて、講演会や学習会で自ら講師となるほか、現場の教員たちの要望に応じて多様な講師を派遣するなど仲介役としても奔走していたことを、筆者は直接・間接に知る立場にあった。そして、そのC氏が金時鐘とは相当に親しい関係にあることも見聞きしていた。さらには、尼崎工業高校に在職していたことがある故梁永厚氏が存命中に、就職の経緯についてお尋ねしたところ、「もちろんCさんの紹介だった。湊川の金時鐘氏もそうだったはず」という返答を頂いた。以上のような経緯もあって、上で述べた内容は相当に確度が高い情報と、少なくとも筆者は判断している。

(13) 注(11)を参照

(14) 本書第1章は以下の拙論に多少の修正を施したものである。玄善允「詩はメシか?―『ヂンダレ』前期と金時鐘―」、『論潮』六号、論潮の会、二〇一四年

(15) 以下の金時鐘のテクストはバージョン③に基づく。ところで、ここで分析対象にしているテクストについては、そのタイトルに微妙な異同がある。「さらされるものとさらすもの」と「さらされるものと、さらすもの」のように読点が挟まれている場合とである。しかし、読点が挟まれたタイトルの方は、②と③の目次には見られるものの、本文で読点が挟まれている例は皆無である。したがって、読点入りのタイトルは、編集者もしくは著者の校正ミスとでも考えるべきだろう。

(16) 他者のテクストを自作テクストに引用することで、その総合的テクストの多声性や意味作用の複合性などを創出するといったことは、文学テクストでは珍しいことではないし、それ自体は否定されるいわれなどあるはずがない。むしろ、複数のテクストの織り目から新たな意味作用が次々と生産される運動が、文学テクストの新たな可能性を開く。したがって、筆者がここで問題としているのは、それぞれが自立した複数のテクスト群によって構成された多声的なテクスト一般などではなく、もっぱら金時鐘のテクストにおける他者のテクスト

の活用の仕方なのである。金時鐘による他者のテクストの活用は、相互に自立した複数のテクストの並置、共存、そして絡み合いがもたらす開放性や豊饒性とは正反対に、もっぱら語り手、つまり金時鐘個人の経験や信憑に収斂すると思えるからこそ、他者のテクストの植民地化、意味の簒奪などと否定的に論及している。

(17) 本節における西田秀秋の証言などはすべて以下からの引用である。林竹二・西田秀秋「怨恨を超えて悲願へ──部落と朝鮮をめぐって──」、『近代民衆の記録九　部落民』月報、新人物往来社、一九七九年一一月

(18) この本の著書紹介では、『地平線』、『日本風土記』、『新潟』と三冊の詩集だけが業績として挙げられている。そのことからも、その書物が金時鐘の初めてのエッセイ集だったことが分かる。つまり詩という狭い世界を超え、一般読者向けのデビュー作そして出世作ということになる。その内容を見ると、総タイトルが約二〇、文学論（金芝河、尹東柱）、状況論（韓国関連、在日関連、日本の沖縄返還、三島由紀夫事件、連合赤軍）、在日論（金嬉老事件、在日の主体性論）、そして植民地からの解放その他の自分の経験談。そのうちで一斉糾弾と直接に関係するものはわずか二〇％にとどまり、しかも、湊川着任以前の文章が圧倒的多数を占めている。

だからこそ、他の一斉糾弾の実践報告中心の「解放新書」ではなく、一人の評論家による作品というわけで、装丁その他も新書判よりは立派な単行本の体裁を備えた「解放選書」として出版したのだろう。そうした取り扱いから見ても、一斉糾弾の指導部の金時鐘に対する入れ込みようが分かる。いわば、金時鐘を在日関連のスターとして売り出して、そのスター性を一斉糾弾闘争に還元させる意図が垣間見える。そうした言わばスターを活用するカンパニアは、一斉糾弾では他にも林竹二の例があるのだが、一斉糾弾指導部、とりわけ方針転換以後の西田を中心とした湊川高校の重要な戦略・戦術のように思われる。そして、その指導部の林竹二や金時鐘の位置付けが、その後の二人の〈聖域化〉の土台を築きあげた気配もあるが、それについては、次章で詳論する。

第3章　〈一斉糾弾闘争〉の方針転換以降における金時鐘の〈神格化〉の様相

はじめに——テーマと構成

本章では、前章とは対象時期を少し後ろにずらしながらも、ほぼ同じテーマを発展的に論じる。つまり、一九六〇年代末から兵庫県の数多くの高校で展開された一斉糾弾闘争、その渦中の一九七三年九月に在日朝鮮人の教員として初めてその現場に招き入れられた金時鐘が、その運動の転換期（一九七六年三月）以降に何を行い、それをどのように語っているか、そしてそれが彼の言論・文学活動の総体とどのような関係にあるかを検討する。

以上のことを、本章の構成に沿ってもう少し具体的に説明すると、以下のようになる。

先ずは、一斉糾弾闘争の方針転換（一九七六年三月）以降の状況を概観する（1）。

次いでは、その局面において金時鐘がどのような論理で、何を行ったかを明らかにする（2）。

そのうえで、自分・在日語りにも窺われていた金時鐘の自己認識の〈超越的〉性格について検討する（3）。

さらには、そうした超越的自己認識に支えられた自分・在日語りが、様々な事情が相まって次第に〈聖域化〉され、それにつれて金時鐘の言説総体ばかりか金時鐘という存在自体もが〈神格化〉されていく様相について検討する（4）。

そして最後に、以上の議論を、本論では全く触れなかった詩人・金時鐘の核心的活動である詩作品の解釈に援用するにあたっては、どのような前提もしくは補助線が可能かなど、今後の金時鐘研究の展望について粗描し、これをもって本章と本書全体のまとめにかえる。

1　一斉糾弾闘争の指導部の方針転換――その論理と波紋[1]

(1) 一斉糾弾闘争の臨界点における方針転換とその表向きの理由

長期にわたる前史については既に前章で詳述しているので、ここではそれを割愛して言うならば、一斉糾弾闘争は一九六九年に始まり一九七五年に最盛期を迎えた。その年の四月には、諸種の就職差別の中でもとりわけシンボリックな障壁だった地方公務員に関する国籍条項に穴をあけて、在日の卒業生などを地方自治体に公務員として送り出すことに成功した。しかも、そこに至るまでの数々の教育実践と権利獲得闘争についての多様な実践報告が教員集団によって立て続けに刊行されるなど、公教育の枠内における教員や生徒たちの運動としては画期的な成果を達成し、ほとんど臨界点に迫った感すらあった。

だからこそ、その運動に対して陰に陽に進行していた反動攻勢が一挙に顕在化してくる。その最たるものが一九七四年の兵庫県の八鹿高校事件(2)である。そしてその激しい抗争を契機にして、日本全国の部落解放運動とそれに関係する様々な社会運動に対する攻勢が、行政、警察、そして様々な政治党派がそれぞれに固有の思惑をもちながらも、まるで統一戦線を組んだかのようにして展開される。部落解放同盟と密接に連携しながら教育を中心とした諸種の差別撤廃と権利擁護・獲得において先駆的成果を獲得していた一斉糾弾闘争が、その攻撃対象から洩れるわけがない。

そして、そうした急激で厳しい情勢変化を受けてのことだろうが、運動側にも大きな変動が生じる。指導部による方針転換である。

一九七五年度末(つまり一九七六年三月一五日)に兵庫進路指導研究会のニュース「新しい出立のために」第一八号に、『(朝鮮人生徒の進路保障)在日朝鮮人生徒の公務員への就職―当面凍結する意味を進指研で討議―』が発表され、各種の差別撤廃運動の闘争方針に関して次のように記されている。

先ず、「在日朝鮮人生徒の公務員への就職については、私たちは今後これを凍結する」と、運動方針の劇的な転換を明らかにしたうえで、それが依拠する状況認識と理由、さらには今後の方向性について次のように述べている。

「在日朝鮮人生徒を公務員として送りこんだ阪神間の高校では、いま、彼らをすみやかに引きとり、積極的に転職をすすめていく方向で、当該生徒たちとの話し合いが続けられている。在日外国人の門戸を開放し、地方公務員として受け入れてきた側の自治体の、民族問題に対する理解がまったくないことがその後明らかになってきており、このままでは在日朝鮮人の法的地位に抵触する危険も生じる恐れがある。また、このことで、私たち日本人が同化に手をかすことがあるとすれば、なおのこと見過ごすわけにはいかない」

さらには、「自治体当局ばかりではなく、労働組合もまた〈在日に関する知識や認識〉に乏しい」と述べ、労組の役員たちは、外国人の場合には「公務員のストが禁じられているいま、……労働組合運動をすれば、生命に危険がある」ことすら分かっておらず、「在日朝鮮人を日本人の責任で守り切れる保障がない限り、彼らを労働組合に加入させる」べきではないと言うのである。

そして最後には、まるでとってつけたようなアリバイ証明的な文言も添えられている。

「凍結するが〈国籍条項〉撤廃の要請は続ける。そのわけは……私企業が在日朝鮮人、中国人生徒を採用しない口実として、〈公務員〉も外国籍生徒を採用しないといったようにして就職差別を正当化しようとする風潮が現に存在するからである」

(2) 方針転換声明と現実との乖離・矛盾

本項では、右記の声明文の内容と現実との乖離・矛盾について述べる。

先ず、その声明文で明示されている「当該生徒たちとの話し合い」などは実際には行われなかった。そのことについて当事者、例えば、既に地方公務員として働いていた在日の元生徒は、「……それ以降、尼崎では、一人も入っておりません。閉ざされたままです。その後の採用者は全然ありません。送り出した進指研が……『入れたのは間違いであった』ということで凍結した。入れるだけ入れといて、実験に失敗したから凍結したということはどういうことか、腹立たしい。……進指研の凍結方針は無視している」と証言している[3]。

それら元生徒たちはそもそも、「私が、市役所を受けたのは、私一人のためではありません。私が市役所で働くということが、同胞の弟妹たちに少しでも励ましになってくれればと思ってです」と自らが公務員になった動機について証言していたし、そうした証言を自らの文章に引用する形で公表していたのは、彼らに公務員になるように勧め、その実現のために奔走した教員集団であり、しかも、上で述べた方針転換を主導もしくは従ったのもまた同じ教員集団であった[4]。

つまり、その教員集団は、公務員になった元生徒たちの状況と意志を、そして当然のごとく、方針転換がその元生徒たちにどのような事態を招来するかを誰よりもよく知っていたはずである。それなのに、その方針転換を推進もしくは加担するばかりか、その宣言において明らかにした「話し合い」さえもサボタージュした。実情を誰よりもよく知っていたからこそ、元生徒たちに転職の話どころか、顔向けさえもできなかったのだろう。

その結果、公務員になった元生徒たちは、方針転換グループの教員集団との関係は断つが、一斉糾弾闘争の当初の志向性をあくまで貫徹するために、新旧様々な仲間たちの協力も得ながら、地方公務員として勤務する傍ら諸種の差別撤廃の運動を半世紀にわたって続け、定年後の今なおそれを継続している。

それでもやはり、指導部の方針転換の影響は大きかった。隊列は分裂を余儀なくされ、各集団や個々人が教育行政その他の厳しい攻撃に直接にさらされながらも、新たな方向性を模索しつつ闘いを継続し、しだいに一斉糾弾とは別のステージの実践へと突き進む。

(3) 方針転換の本当の理由

それでは、そうした分裂が十分に予想され、実際にもそうなった方針転換を、指導部はどうして敢行したのだろうか。それについて右記の声明文は様々な理由を並べ立てているが、少しでも事情を知っている者にとっては、そのどれもが著しく説得力を欠いている。だからこそ、そこでは明言されていない隠された理由を詮索したくなる。そこで、その詮索内容を内外に二分してみる。

先ずは、既に触れたことであるが、容易に推察がつく原因・理由の最たるものとして、八鹿事件を中心とした激しい逆風、官民一体の反動攻勢があげられるだろう。

一九七四年に勃発し部落解放運動に対する大弾圧の契機となった事件が、部落解放運動と密接な関係をもつ一斉糾弾闘争に波及しないはずがない。運動側としては深刻な危機感を覚えたに違いない。そして選ばれたのが、戦線の縮小による組織防衛の道だった。運動の二本柱の一つであった、在日の子どもを地方公務員として行政に送り込むに至った闘争の成果をほとんど否定することによって生き残りを目指したようである。

ところが、そうした転換に関しては、大きな問題が少なくとも二つある。その一つは、部落解放同盟系の運動に対しての反動攻勢に苦慮した結果として差し出されたのが、民族差別撤廃の運動からの撤退だったことである。単純論理で言えば、教育における部落差別撤廃運動を守るために、民族差別撤廃運動を生け贄にしたような趣がある。

当然、そうした方針転換に反対する人々は、そこで切り捨てられた民族差別撤廃を前面に掲げた運動を続けることになるのだが、不思議なことに、民族差別撤廃運動を放棄した方針転換グループの側に、民族差別撤廃のために教育現場に招かれたはずの金時鐘がおり、その方針転換を擁護し、その後も一貫して、つまりそれから半世紀近くになる現在に至るまで、その立場を変えた形跡がない。つまり、在日の青年たちが地方公務員になることに反対の論陣を張り続ける。

もう一つは、この撤退作戦の展望がどのようなものであったのかという問題である。というのも、社会運動におけるそうした撤退・防衛作戦は、内部的によほどに強固な意思統一と団結と持続的な闘争の意思でもなければ、歯止めが利かない。後退を重ねたあげくには運動の担保であったものをすべて切り捨てるばかりか、それまでの運動への敵対に至るのが一般的である。

そしてこの場合もその例にもれず、方針転換グループは教員組合その他のあらゆる運動を敵視、妨害することをアリバイ証明とする。そうした展開のシンボリックな出来事が一斉糾弾闘争の両輪であった西田秀秋（湊川高校）と福地幸造（解放研）の子弟コンビの決裂（一九八〇年）だった。その頃には、方針転換グループでは反動攻勢に抵抗する運動や闘争のすべてに対して、「はねあがり」のレッテルを張って、教育行政の攻勢に加担する。そうした経緯を見ると、不当な攻勢に抵抗・反対する運動一切からの撤退の口実、そしてきっかけとして、在日の生徒の地方公務員への送り込み、つまり国籍条項撤廃の運動からの撤退という方針転換がなされたという印象が否めない。

但し、そのような退却戦だけでは運動を標榜する集団をまとめられるわけがなく、何らかの大義名分を掲げて集団的な紐帯を再構築しなくてはならず、格好のカードとして切られたのが、教員本来の職務としての授業改革だった。ソクラテスに発する教育哲学に支えられているとされた〈林竹二の授業〉の継承発展が謳われ、個々の教員による授業方法の開発と充実、そしてそのための教員同士の相互批判という運動などが、スター（先ずは林竹二、次いでは金時鐘）の発信力と吸引力を活用したカンパニアとして展開された。そして、それが一時的には特にメディア的な反響を呼び、その成功を盾にして根拠地（具体的には湊川高校の「解放教育」）を守ろうとした。しかし、強制配転などで一斉糾弾関連の教員が次々に排除されることを容認、つまり、生け贄を次々に差し出すことと引き換えに、そのグループの領袖である西田秀秋たちと、その民族問題に関する代弁者のような役割を果たしていた金時鐘が守られたことは確かなのだが、それ以外に何が守られたのか、見当がつかない。

ともかく、以上がいわば外部的理由なのだが、方針転換の理由をもっぱらそうした外部、つまり八鹿事件を契機とした行政その他の、それぞれに固有の思惑を持ちながらの官民の統一戦線による総攻撃だけに求めるわけにはいくまい。内側にそれと連動する何ものかが準備されていたはずである。例えば、既に第2章でも触れたことだが、運動の最前線にいた教員たちのある種のアキレス腱の自覚のようなものが、状況悪化につれてますます大きくクローズアップされたあげくに、ある領域に関する闘争を断念・放棄することと引き換えに別の何かを守るという戦略、つまり方針転換の流れができあがったのだろう。

では、そのアキレス腱とは何か。一斉糾弾において、部落差別撤廃と共に二大看板の一つであった在日の生徒の差別解消と権利保障の闘いを進めるにつれて、教員たちは在日関連の知識の浅さ・甘さ、そして責任の取り方の限界を痛感すると共に、当時のメディアを賑わせていた入管法に対する警戒心、そしてそれにつれての恐怖心のようなものも深刻化し、ついにはその戦線の放棄・撤退となったのだろう。

以上は、単なる憶測ではない。その種のことが実は、方針転換の声明文において、隠そうとするからこそかえって想像をかきたてる形で、つまり、内部不安を外部状況に転嫁する形で表明されていた。

行政自体は言うまでもなく、その行政と対峙して労働者を守る労働組合における、民族問題に対する認識不足といった悲観一色の状況認識は、実は自分たちの弱点を鏡に映した像であり、密かな告白に他ならなかった。自らの弱点を他者に、それも誇大に映し出すことによって自己の責任を状況に転嫁しながら、方針転換の正当性を主張していたのである。

しかしながら、そうした理屈は自己矛盾に満ちていた。というのも、初めからそうした厳しい現実認識があったからこそ、その不当性に対して抗議の声を上げることで一斉糾弾闘争は始まり、そして実際に、数々の成果をあげてきた。それなのに、今度はそれと基本的には何一つ変わらない状況認識を盾にして闘争からの撤退を云々するのは、自己矛盾の謗《そし》りを免れない。おそらくは、そんなことは重々承知しながらも何らかの理由のためにその点には目をつむることに決めた方針転換グループは別として、その他の人々、とりわけ生け贄のようにされた民族差別撤廃の運動に関わってきた人々の多くには受け入れられるはずもなかった。

ところで、既に第2章でも触れたことだが、そのように一斉糾弾の中枢の教員たちが不安を増幅させたあげくに方針転換へと流れ込む過程で、在日教員であった金時鐘が深く関与していた可能性がある。というのも、湊川ばかりかその他、一斉糾弾の最前線にいた教員たちの多くが、在日絡みの問題については金時鐘の言葉をまるでご託宣のように受け入れていた気配があるからである。しかも、次節以下で詳論するように、方針転換に際してあたかも在日を代表してお墨付きを与える役を買って出るばかりか、その方針転換への批判に対する反批判（つまり方針転換を弁護する議論）を、先ずは防衛、次いでは攻撃と二段階にわたって展開するようになるのは、金時鐘に他ならなかったからでもある。そうした経緯をたどって見ると、金時鐘は一斉糾弾闘争総体というよりも、その中でも方針転換を推進したグループ、つまり在日の進路保障闘争（地方公務員の民族差別撤廃運動）からの撤退を主導した湊川グループの民族問題担当の作戦参謀と広告塔の役割を兼ねていたようにも見えてくるのだが、大いに先回りの感がある。方針転換の時点に戻らねばなるまい。

2　方針転換における金時鐘の役割とその論理

（1）〈強迫観念〉と広告塔としての〈保身〉が絡み合った論理的アクロバット

本項では、一斉糾弾闘争の分裂過程とその後において、金時鐘が果たした役割とその論理について検討する。

先にも紹介した兵庫県高校進路指導研究会が方針転換を公表した文章には、「在日朝鮮人諸団体の評価」というタイトルの一節があり、当時、湊川で朝鮮語を教えていた林大造（金時鐘）が、その中で次のように方針転換を正当化している。

「在日朝鮮人が日本の公務員になることは、日帝時代の夢を彷彿させる。……官吏になることは同化の道行きだ」「在日朝鮮人の鉄則は、日本の内政に干渉しないことである。公務員をというなら、朝鮮語を教えることで公務員になっている私の場合のような、知識労働者としての面が開発されるべきだ。公務員への就職を、食えるからとか、金になるからというだけの市民的権利の拡大だけに短絡させてはいけない」

歴史家の朴慶植もまた「公務員は日本の憲法を守る文書を提出しなければならないことを考えてほしい」などと述べて、在日が公務員になることに反対している。

因みに、この二人の意見は先にも述べたように、「在日朝鮮人諸団体の評価」というタイトルの下で紹介されているのだが、肝腎の在日の諸団体についてては「賛否両論がある」という一言で論及が回避され、在野の知識人に過ぎない上記二人の意見が紹介されている。つまり、在日組織の代表の資格などあるはずもない二人が、まるで在日総体を代表して方針転換に賛成しているかのような、ペテンまがいのことを方針転換の合理化のために指導部が行い、在日の知識人二人は、意識的なのかどうかは定かではないのだが、それに加担していたのである。

しかも、その二人の理屈自体が深刻な問題をはらんでいた。

先ずは、朴慶植の少し腰を引いた感もある「憲法を守る文書の提出」云々から考えてみる。

いかなる国であれその領土内にいる限り、その国の憲法とそれに基づいた法律に違反すれば罰せられる。内国人であろうと外国人（外交特権を持つ外交官などは除外して）であろうと、そしてまた、公務員であろうとなかろうと、そのことに変わりがあろうはずがない。したがって、朴慶植が言うような、「公務員になれば日本国憲法を守る文書を提出しなくてはならない」といった制度あるいは規則にどのように特別な意味や拘束力があるのか定かでない。しかも、一斉糾弾闘争が勝ちとった地方公務員の国籍条項撤廃の成果を、まるで国家公務員に関わるもののように捉えている気配もあって、事実誤認、さらには、在日の「現在」に関する認識不足の嫌疑さえある。要するに神戸の一斉糾弾で何が問題になっていて、在日の若者たちがそこで何を求めて格闘しているのか、そうしたことについてよく知らないままに、発言している気配が否めないのである。

因みに地方公務員法では、地方公務員は地域住民全体の奉仕者として位置付けられており、国籍条項などなかった。つまり、在日外国人は地方公務員の職から法的には排除されていなかったにも拘わらず、実態としては、外国人には地方公務員になる門戸が閉じられていた。そこで、そうした不合理な状況に対して、法律に則《のっと》り、生活実態と人権尊重の原則に基づいた現実を打ち立てようとして闘い、ついにはその一部に限って成功したのが一斉糾弾の成果なのであった。朴慶植はそうした現実をよく知らないままに発言している気配が濃厚なのである。

しかも、朴慶植が懸念している地方公務員の服務宣誓（例えば、東京都の場合）とは、次のようなものだった。

「私は、ここに、主権が国民に存することを認める日本国憲法を尊重し、且つ、擁護することを固く誓います」「私は、地方自治体の本旨を体するとともに公務を民主的且つ能率的に運営すべき責務を深く自覚し、全体の奉仕者として、誠実且つ公正に職務を執行することを固く誓います」

朴慶植は、この宣誓内容の何を危惧していたのだろうか？　その内容を知ったうえで、「そんな宣誓をするくらいなら、在日は日本の地方公務員になど断じてなってはならない」などと、いったい誰が思うだろうか。国籍を問わず、少しでも社会人としてこの社会で生きようと思う者なら、むしろそうありたいと願ってもおかしくない。さらに言えば、民族差別ばかりかあらゆる差別を是正する方向で職務を遂行するにあたっての精神的な支えばかりか、違法ぎりぎりの悪意ある圧力に対して抵抗する論拠にもなりそうな内容なのである。

要するに、朴慶植は何が問題になっているのか（在日の地方公務員への就職差別の撤廃）に加えて、職務宣誓の内容（それなりの民主的で普遍的な市民的職務規範）についても大きな誤解をして、しかも、在日の若い世代が何を求めて地方公務員を志望しているのかなど、在日の若い世代の意識についてのまともな認識もないままに、もっぱら自分にとっての「民族的正義」の主張、もしくは訓戒を発していたことになる。

金時鐘もしかり、というより、金時鐘の場合はそんな朴慶植と比べてもはるかに多岐にわたっての、しかも、より深刻な問題を露呈している。「公務員になることは同化の道行き」といった議論は、朴慶植と同様の事実誤認に加えて、甚だしい論理的飛躍も含んでいる。それについては、公務員になった在日の青年も自分の公務員としての現状から次のように証言している。[5]

「同化するといったが、現に送り出された自分たちが同化しているかと云《ママ》えば。同化していない。……公務員になるとどんどん運動ができる人間ができる」と。さらには、「公務員以外の私企業に入った友人たちが次々と潰されていくのを目にする」と語っているのだが、そうした証言内容は筆者のような在日二世の生活感覚からしても、十分以上に信憑性を備えている。そうした観点からすれば、そのような現実を知らない在日というのはよほど幸福な環境の中で暮らしてきた人たちで、先の在日知識人たちこそが、まさにその種の幸福な少数者のように思えてしまうほどである。

地方行政にもなるほど根強い差別体質があるだろうが、私企業の方が行政のそれとは比較にならないほどにひどい差別体質を備えている場合が多く、しかも、そのことを誇示しているような場合も少なくない。これが在日のみならず生活人一般の生活感覚ではなかろうか。そしてそうした生活感覚からすれば、二人の在日知識人の現実感覚と一般の生活感覚が捉えていた現実との甚だしい乖離が浮かび上がってきそうである。

その他、金時鐘の「在日朝鮮人の鉄則は、日本の内政に干渉しないことである」という理屈も理解に苦しむ。そもそも内政干渉とは何のことなのか定かでなく、実に多様な業務を含む公務員を、国家公務員と地方公務員の区別もなしに一般化し、そのどんな業務であれ在日が担えば内政干渉になるといった断定の仕方は、先の朴慶植の「文書の提出」以上に硬直した短絡的議論だろう。

但し、以上のような二人の理屈や状況判断、そしてそれに基づく主張を理解しようとするなら、そうした議論の基盤が何かを考えてみる必要がある。そこにはおそらく、植民地時代の記憶と解放後の在日朝鮮人運動の大義名分とが深く関係している。

日本の植民地支配から解放されて以降も在日を余儀なくされた朝鮮人が組織を形成し、様々な権利擁護や獲得の運動、さらには祖国統一運動を続けていくにあたって、その合法性を担保するために必須だったのが、内政不干渉を原則として掲げることであった。そして、金時鐘も朴慶植もそうした組織の枠組みの中で、その運動にいわば青春をかけた人たちである。そして、そうした運動・

闘争は時には命がけのものであり、当然のごとく「民族のために」非合法な、或いはそれとすれすれの行為も含まれていたはずであり、それだけに合法性を担保する様々な外観が必須であることを痛感していたのだろう。だからこそ、一般の者からすれば唐突に感じられかねない内政不干渉というようなことを仰々しく言い募ることになるのだろう。

しかも、金時鐘の場合は、それ以上に切実な事情があった。密航で済州から日本に逃げて来た金時鐘にとっては、日本での生活そのものが非合法に他ならず、それだけに合法という鎧に執着せざるをえなかったのだろう。

但し誤解のないように言えば、非合法な行為はなるほど法律に抵触するのだろうが、だからそれは一律に絶対悪であり厳罰に処すべきといった立場から、このようなことを指摘しているわけでは断じてない。

話を元に戻そう。それにまた、二人とも在日一世もしくはそれに準じる人たちであり、植民地時代の記憶を固く保持し、それを核にして思考・感情、そして生活を組み立ててきた人たちでもある。その限りで言えば二人の議論の起源くらいは十分に理解できる。

そしてその延長上で、在日が公務員になることが「日帝時代」を彷彿とさせるといった理屈もまた、彼らの経験的信憑を前提にすれば、理解できないことではない。

但し、理解できることと、それをそのまま真理や正義として受け容れること、さらにはそれを生活の指針として受け入れることとは大いに違いがある。彼らのそうした経験的信憑のようなものが、あらゆる時代に通用する普遍的なものであると決めつけるような思考方式、さらには、もっぱらそれに基づいた状況判断は、大きな過誤を避けられない。しかも、もっぱら自らの経験的信憑を普遍的な真理や正義のようにして自らの議論の盾にするならば、それは私的な〈強迫観念〉の他人への押し付けに堕してしまう。

さらに言えば、公務員になることが「食える」「金になるからというだけの市民的権利拡大」などというのは、事実誤認どころか、当事者である若者たちに対する冒瀆である。自らの身をさらして生きる道を模索し、新たな道を切り開こうと闘っていた在日の若者たちを、自分の経験的信憑と抱き合わせの強迫観念によって裁断、あげくは圧殺する議論に他ならない、

しかも、その一方では、「私のような、知的労働者」云々といった具合に、自分（たち）だけは特権化して救いあげているのだから、そうした自己保身のための論理的アクロバットには呆れかえらざるをえない。

したがって当然のように、一斉糾弾の指導部の方針転換、そしてもちろん、その前盾・後ろ盾役を自ら買って出たかのような金時鐘の議論に対して、在日の若い世代から厳しい批判が提出された。

(2) 方針転換に対する在日の若い世代からの批判

「民闘連ニュース」第一一号（一九七六年五月）には、先に触れた兵庫県高等学校進路指導研究会の「新しい出立のために」第一八号（方針転換の表明）が転載され、さらにそれに続く「一二号」

（一九七六年七月）では、その方針転換に対する厳しい批判文が掲載されているので、それを検討してみる。

先ずは、その内容に先立って、著者名に窺われる著者の自己認識について触れておきたい。著者名は漢字で張鮮仁、そしてチャン・ソンイムというフリガナが付されている。ところが、漢字の仁は「イン」とカナを振るべきなのに、「イム」とされている。しかし、まさか誤記ではあるまい。むしろ、分かる人には容易に分かってもらえそうな「間違い」を自らおかすことによって、教育条件その他における在日二世・三世的な自己の現実を敢えてカリカチュアライズすることによって、屈折した自己を包み隠さず認めて、そうした存在としての自己主張をしているのだろう。以上は単なる推測ではない。というのも、漢字名の方にも明確な自己主張が込められている。張鮮仁を音読みすれば「チョウセンジン」となるのだが、それは国籍としての朝鮮人という主張とは異なる。その彼が本文では自らを在日韓国人としていることと考え合わせれば、日本人が反抗的朝鮮人のことを「不逞鮮人」と呼んで抑圧・弾圧していた植民地支配の歴史を想起させる自称なのである。根強い差別的体制と意識と心情を今なお改めない日本の社会に対峙する「抗日朝鮮人」としての在日韓国人という自らの立場を鮮明にしているのだろう。要するに、「張鮮仁、チャン・ソンイム」は、在日の二世以降の世代特有の心理的屈折も引き受けて、それもさらけ出した自己主張に基づくペンネームであり、この書き手は自分自身やその議論に関して、相当に明確な自意識を備えた人物であり、その文章を掲載した「ニュース」の読者の少なからずが、そうした含みをそれとなく感じ取れる共同性を前提としての名前の表記なのだろう。

それはともかく、その張鮮仁による「在日朝鮮人の解放に向けて（5）―兵庫県進指研ニュースへの反論」を、相当に長くなるが引用しながら検討する。

「……凍結に至った理由として、①公務員になるとき『日本国憲法』を遵守する誓約をさせられる。これは在日韓国人に対する踏絵とされる。②公務員のスト権が確立されていないいま、在日韓国人が職組に加入した場合『出入国管理令』の第二四条に抵触し、〈退去強制〉を受けかねない。③自治体及び労組ともに、在日韓国人問題に対して無知なことのみならず、在日韓国人問題に対する正しい理解が出来ている労組は日本にはまだない。④ゆえに凍結する。しかし〈国籍条項〉の撤廃はすすめていく。というふうに論理づけられている。……しかし、あまりにも「カッコ」よく論理化されすぎてはいないだろうか。……在日韓国人にとって就職差別は、民族差別と同義語である。民族差別ということで、在日韓国人の全人格の問題に関り《ママ》、職を得るということで、日々の生活の糧を得るというまさに在日韓国人の生き方に深く関《ママ》る死活の問題をはらんでいるのである。……（当事者である在日韓国人生徒）らは日々の実存と将来をかけて公務員として就職していったはずである。しかも、彼らは自分の生きざまをさらけだしつつ、教師とぶつかりあい、アボヂ、オモニの苦闘にみちみちた生活から学びつつ被差別の現実のまっただなかに、アボヂ、オモニの期待と、教師の期待、そして同胞の期待を背負って、本名を名乗って就職していったのである。そのような彼らを『すみやかに引きとり、積極的に転職をすすめている』というのは、どういうことなのだろうか。

彼らは進路保障におけるとりくみの〝失敗作〟なのだろうか。……さらにまた、自治体から在日韓国人子弟をひきあげさせることが、同化への抵抗であると日本人が考えるならばそれは論理の逆転である。同化と対峙し闘うのは、われわれである。日本人は日本人の立場（主体性）と責任において、同化を体制化し構造化しているものと対峙しなければならないのではないだろうか。こうした論理の逆転、視点の逆転は、民族差別問題にかぎらず、韓日問題に関《ママ》る日本人の多くとそのグループに、しばしばみられる現象である。共闘と連帯が強く叫ばれ、また必要とされていながらも、道は険しいといわねばならない」

張鮮仁は一斉糾弾の主導者であった福地幸造や西田秀秋などの著書を読み、そこに自己の姿を重ねて落涙したことがあることを吐露するなど、一斉糾弾闘争に対する同志的姿勢を強調しつつ、そうだからこそかえって方針転換に対して厳しく反論する。

「……出入国管理令の第二四条の《退去強制条項》の適用は、公務員となった在日韓国人の組合活動のみが対象とされるものではない。私企業においても同様である。……自治体とその職組の体質に問題があるならば、それへの闘いを何故放棄してしまうのであろうか。……これまでの兵庫の教師集団がとりくんできた基本姿勢が全く欠落しているとしかいいようがない。あの在日韓国人生徒との熾烈なとっくみあいはどこへいってしまったのか、また教師自身の生きざまをかけた姿が出ていないのは何故なのだろうか。運動の質は常に点検され続けなければならない。同様に、運動に加わる者も変革されて行かなくてはならないはずである。今回の凍結問題に関してのみ言うならば、そこには運動の質的転換を感じとることはできない。同化に手をかし、在日韓国人の法的地位をあやうくするということが、大きな理由になっているようだが、すでにその論理と視点は破綻してしまっている」

全体として肩ひじ張った部分や心情過多のきらいもなくはないが、日本人と在日の協力あるいは共闘による諸種の社会的差別の撤廃やマイノリティの権利擁護の運動の基本としての相互信頼、そしてそのための相互批判という原則を明確に確認したうえでの、情理を兼ね備えたこの批判文に対して、方針転換を敢行した指導部が反論した形跡はない。それどころか、その指導グループはそれ以降にはそうした運動圏とは関係を断ち、学外に打って出るような運動はもちろん、運動、闘争と呼ばれそうな行動からほぼ完全に撤退するようになる。しかし、それだけで済ますつもりはなかったようである。

(3) 嘘と居直りが絡んだ搦め手の反批判

というのも、「方針転換」に対する上述のような批判に対して、方針転換グループは正面からではなく「搦め手」による反批判を準備し、それを随所でひそかに続けていた。そして、その役を一手に引き受けていたのが、方針転換に際しても在日の側からお墨付きを与える役を買って出ていた金時鐘その人だった。金時鐘のそうした反批判の議論に、方針転換の主体であった湊川の教員集団、そしてそのリーダーであった西田秀秋の意向が関係していなかったはずがない。

ともかく、張鮮仁の批判が公表されてほぼ一年半後に、金時鐘がその間にあちこちに出向いて行っていた講演のうちの二つをまとめた講演録が、それ以前にも一斉糾弾関連の実践報告などを掲載していた雑誌に発表され、そこで彼は次のようなことを言っている[6]。

「……そのことを凍結するといったことの裏には、初めて兵庫で地方公務員に入ったのは県立尼崎工業高校の卒業生たちでありましたが、その生徒たちの一部に、勤めていっても続かなかった子供がいたという実情があったのです。……又は姫路の西播地区でも女生徒が一人、やはり地方行政に入っていますが、聞くところによりますと、その生徒は、入ったとたんに日本人らしく振舞っているといいます。親までが加担してそうだといいます。朝鮮人の痕跡をなくす側に立っていく。そういうことがあって、行政側に推挙することを凍結するというふうに兵庫の解放研ではいったのです……」

この類のことを金時鐘は当時、様々な場所で繰りかえし触れ回っていたらしいのだが、本書の読者はこれを読んで既視感を覚えるだろう。但し、実際には見たわけではないのに見たことがあるように錯覚する既視感ではなく、実際に筆者が第2章でほぼ同じ内容の証言を紹介しており、それは二〇〇四年のインタビューにおける金時鐘の証言だった[7]。つまり、金時鐘はここで問題にしている一九七〇年中盤から、少なくとも二〇〇四年までほぼ三〇年間にわたって、こうした証言内容、つまり一斉糾弾の方針転換にまつわる事実認識をまったく変えなかったことになる。ところが、その認識は虚偽に基づくものであり、金時鐘は一斉糾弾の方針転換グループの広告塔として、デマゴギストの役割を一貫してきたことになる。言い換えれば、彼は一斉糾弾の現場にいながら、自分の周囲で起こっていることに関して、自らの議論に都合のいい情報源以外にはまったく耳を閉ざして、間違った情報をオウムのように繰り返し続けてきたわけである。

それはともかく、ここでも敢えて、事実関係の確認を繰り返しておく。

金時鐘の先ほどの文章はそのほとんどすべてが事実と符合しない。その年に阪神間の自治体では在日の高卒生五人が採用され、そのうちの一人は女子で、なるほど後には結婚を機に退職したが、その他の全員が定年まで職を全うしたし、そのうちの幾人かは一世糾弾以後の民族差別反対運動の中心で常に活躍し続けていたのだから、いくら〈世間に疎い〉金時鐘でもその事実を知らないはずがない。

しかも、それに続いて語られている西播の話は、事実でないばかりか、当時の運動状況に関する無知を露呈している。西播地区には一九七七年までに国籍条項を廃止した自治体は一つもなく、したがって「在日」を公務員として採用することなどありえなかった。

それなのにどうして金時鐘はそんな偽情報を前面に掲げて、改めて方針転換の前盾・後ろ盾になったのだろうか。まさか彼自身がそんなデマの出所ではないと信じたい。だとすれば、それが誤報（もしくは悪意のデマ）であることを知らず、誰かの話や噂を鵜呑みにしただけのことなのだろう。そして、彼がそれを鵜呑みにするような雰囲気が彼の周辺にはあったのだろう。つまり、彼の周辺の人々はその偽情報を共有していたのだろう。そうでなければ、それを吹聴することがまるで自らの責務でもあるかのように、金時鐘が垂れ流すことはなかっただろう。つまり、先に述べた方針転換グループが彼の偽情報の出所であり、少なくとも一斉糾弾にまつわる金時鐘の情報や人間関係は、方針転換グループ以外には閉じられたまま幸福な一貫性が維持されてきたことになる。

それにまた、彼がその偽情報を鵜呑みにして、それを吹聴することが自らの義務のように思う基盤が、彼自身の内部にもあったのだろう。つまり、偽情報に疑いを抱くこともなく、他のルートで確認する労を取ることもなく信じこみ、しかも、一般大衆に触れ回るのが自らの使命と思い込むような条件が、彼自身の思考や感情などに既に準備されていたのだろう。

例えば、時代や場所や状況を問わず、朝鮮人が日本の官吏になれば必ず同化して朝鮮人に敵対し抑圧するという信憑があったからこそ、金時鐘はその種の真偽が定かでないばかりか、生徒たち、そしてその生徒たちを懸命に指導して役所に送り出した教師たちの努力を嘲笑するような話を鵜呑みにするばかりか、これ幸いと吹聴できたのだろう。さらに言えば、〈生活〉よりも〈精神〉の方が大事で、形而下のことなどは嘲笑すべきと信じこんでいる高尚な民族主義インテリの面目躍如ということかもしれない。

それというのも、右の文に続いて、彼は植民地下朝鮮の話を引き合いに出して、朝鮮人の下級役人と現代にあって地方公務員になった在日の生徒とを重ね合わせて、嘲弄するようなことまで、誇らしげに行っているからである。

「下っ端というか、木っ端役人ですが、つまり行政権力から給料をもらえるということが一番の夢だったのです。少年の夢として、青少年の描く夢として何と、寂しい限りではありませんか。そのようなことが、在日朝鮮人の労働権の開発という正当な運動の闘い取る遺産の中ですね、さもしい夢として育てられるのでしたら、こりゃあ、何ともやりきれない……」

この種の言葉遣いを目にすると、筆者などは何重にも不思議な気がする。先ずは、外貌、書き物、言葉遣いにしても、清潔感というものが金時鐘の持ち味の一つであり、それが人気の秘訣の一つのような印象が強いのに、それを裏切るような言葉遣いに、失望を否めないからである。そのうえ、金時鐘は教師でしかも文学者なのだから、たとえ「さもしく」見えようとも、その「さもしさ」の底にあるものに少しでも想像力を働かせてみるのが、最低限の責務ではないかなどと、無いものねだりをしてしまうからだろう。しかしもちろん、金時鐘はそんな気配などまったく見せずに、植民地下の〈さもしい〉朝鮮人の子どもを一刀両断に切り捨てることによって、むしろ正義の人、真実の人を気取る。

ところで、このような偽情報に基づく金時鐘の講演内容は、方針転換に対する張鮮仁の例の批判と無関係なのだろうか。もちろん、そうではあるまい。先に引用した金時鐘の講演録には、張鮮仁に対する言及などなくても、先ずはその内容自体が方針転換を弁護する内容になっていることから考えて、さらには、方針転換に際しては真偽定かならない情報を盾にして正当化を図っただけなのに、今度はその盾が〈真っ赤な嘘〉に格上げされて攻撃的に用いられていることからしても、そんなことはないだろう。つまり、前には〈同化の懸念〉だったものが、この度には真っ赤な嘘で補強された〈事実としての同化〉が取りざたされ、方針転換が正当性のレベルを超えて当為のように主張されている。したがって、張鮮仁を明確に意識して、それを標的にしているものと見なすのが自然だろう。

張鮮仁の「同化と対峙し、闘うのが、われわれである」に対して、「現実にこれほどの同化現象が起こっている」という真っ赤な嘘を対置するばかりか、公務員になった若者たちのことを直接的にではなくても、「さもしい」ものとするような印象操作まで動員して誹謗中傷を行っているからでもある。

しかも、相手の名をあげないことによって反批判を封じながらの攻撃なのだから、やり方も巧妙、狡猾である。つまり、これらの講演内容は先に述べた『新しい出立のために』における金時鐘の理屈の補強版、発展版にほかならない。

ところで、自分たちのためというよりもむしろ闘う教師たちのために、さらには、後に続く後輩たちのためにあえて公務員になった在日の元生徒たちに、「立派な」理屈で先ずは冷や水を浴びせ、今度は煮え湯を飲ませるようなことを言っている金時鐘自身は、れっきとした公務員でしかも実習助手というのが彼の正式のステイタスなのだから、金時鐘自身の言葉を借りるなら「下っ端」教師（官吏）ということになる。そこで、そうした自分の立場を忘れることなく、お得意の大見得を切ってそれを後生大事に救い出し、それでも不安なのか「その方向での運動」などと、おめおめと闘いや正義の粉飾を施した主張まで行う。まことに言葉の「政治的活用」、つまり個人的な利害得失のための言語の活用に優れた人物と言いたくなってしまう。

しかし、金時鐘のそうした言動に関して、その人格を云々するような傾きを持った議論になっては、本論の趣旨から大きく逸脱してしまう。しかも、先ほど、例え「さもし」いように見えたとしても、その底にあるものに対して少しは想像力を働かしてみるのが、いっぱしの大人、とりわけ教師や文学者の最低限の責務といった趣旨のことを書いた以上、筆者も二枚舌の謗《そし》りを免れるためにも、金時鐘の立場や思っていることに対してありったけの想像力を働かせる努力が必要だろう。

例えばこうである。金時鐘のような在日知識人の日本社会における位置の歴史的〈歪《いびつ》さ〉、そしてそれがもたらした彼ら在日知識人のある種の孤立と孤独こそが、清廉実直な印象が強い金時鐘にふさわしくない口汚い言葉遣いの根にあったのではないのかと(8)。

金時鐘ばかりか在日知識人の一部は、日本社会に異議を申し立てる存在として日本社会のある層において大いに重宝された。そして当然、日本社会のそれらの層の人々が待ち望む枠の中での発言や作品を発表するような傾向が強くなり、そして当然なことにそれは歓迎された。

ところがその一方で、そんな彼らであっても、人間である限り免れがたい数々の問題点を抱え、それが彼らの議論や挙動にも反映していたはずなのに、それに関しての率直で同志的なアドバイスや批判にさらされることがなかった。つまり、真の意味での共闘がなされなかった。そのせいで、ささいな誤謬を含む言動が積もりに積もって、ついには二進《にっち》も三進《さっち》もいかなくなったのが金時鐘の一斉糾弾の方針転換以降の言動ではないか、と言うのである。

当人は、そのおかげもあって常に一貫性、原則主義、正義、真理をゆるぎなく主張できたかもしれないが、それは当人にとっても、また、在日社会も含めた日本社会、さらには日本と朝鮮半島の関係にとっても、芳しくない幸福だったのではないか。当人たちはその幸福に包まれて、いつでもどこでもどんな問題でも、まるで先験的に自分は正しいようにふるまいながら、実は自分の強迫観念や経験的信憑などのバイアスが大きくかかった議論で若い在日の青年たちの身を賭した闘いを裁断するばかりか、そうすることが自分の使命のように考えるようになってしまった。これが筆者の推察なのである。というよりも、そういう経路を想定することなしには、一斉糾弾の方針転換以降の、金時鐘の言動が納得できないのである。

しかも、こうした想像の冒険によってこそ、それは単に彼らだけの問題ではなく、さらには一斉糾弾だけの問題でもなく、在日と日本人との長い関係がもたらした問題に他ならないことに気づき、その克服に向けての模索が始まるだろう。

（4）金時鐘とその議論の〈聖域化〉

ところで、以上のように一斉糾弾にまつわる金時鐘の議論、とりわけ方針転換以降の議論の不可解さをたどってきた筆者には、方針転換の前盾・後ろ盾になった金時鐘に対する批判が、既に紹介した張鮮仁を除けば、公開の形ではまったくなされなかったことに、大いに驚く。しかも、その張鮮仁にしても、いろいろと理由があったのだろうが、批判の対象として金時鐘の名を挙げることはなかった。しかも、その張鮮仁と繋がる人々、例えば一斉糾弾の方針転換に反対した人々なども、金時鐘自身とその議論に対して相当に厳しい批判的意見を持っていたはずなのに、それを公的に表明した形跡が当時においてはまったくないのである。本書が大いに参考にしている藤川・藪田論文などはそうした批判の稀少例なのだが、それも半世紀近くも後になってからのものである。金時鐘に対するその種の真っ向からの批判が公的に表明されるまでにはそれだけの長い歳月を要したという事実自体が、金時鐘に対する批判を憚るような雰囲気が半世紀にわたって普遍的だったことを示している。

しかしともかく、それが現れたということは、一斉糾弾の分裂以降に方針転換に反対して継続された運動の成果である。例えば、一斉糾弾ばかりか、それを含んだ諸種の民族差別撤廃の運動の展開についての実践的で網羅的という点で画期的な記録『民族差別と排外に抗して――在日韓国・朝鮮人差別撤廃運動 1975-2015』（兵庫県在日外国人人権協会、二〇一五年刊）を公刊するに至ったグループの中心では、一斉糾弾の臨界点で地方公務員になった在日の元生徒たちが活躍しており、そうした在日と前述の藤川その他の日本人の持続的な協力・共闘があってこそ、金時鐘に対する正当な批判が遅まきながら公開されるに至り、その恩恵もあって、本論も辛うじて形を成すに至った。

さて、先の問い、「一斉糾弾の方針転換、そしてそれを支えた金時鐘の議論に対して厳しい批判を持っていた人々が、それを永らく公表しなかったのはなぜか？」に改めて戻って、その問いに対する筆者の考えを明らかにしてみたい。

方針転換に反対した人々は、一斉糾弾闘争の指導部が方針転換によって闘いを放棄した側面、つまり民族差別撤廃と在日の権益擁護・獲得を主たるテーマとして運動を継続することになった。そしてそれ以前から既に共闘関係が始まっていた「民族差別と闘う連絡協議会」(その兵庫県の組織が正式に発足したのが、方針転換が発表される半年ほど前だった)などとの関係を深める。それは他でもなく、方針転換に対する張鮮仁文を機関誌で公表した組織でもあり、その張鮮仁の議論は、一斉糾弾の方針転換グループに対しての最後の共闘の訴えであった。しかし、方針転換グループはそれへのまともな応答を拒否するばかりか、その組織との関係を完全に断った。その結果、方針転換グループの思考スタイルや運動スタイルなどは、その後の方針転換反対派の運動にとっては、もはや批判に値しないと見なされるようになった。

因みに、そうした民闘連に代表される運動、組織は、当時の日本全国で興隆しはじめていた新たな運動スタイルであり、一斉糾弾の反もしくは非・方針転換グループや個々人の少なからずはそうした潮流に合流したり協力関係を維持しながら、独自の実践を積み重ねていく。

それは中央集権スタイルでもなく、上意下達でもなく、前衛と大衆の上下関係に基づいて前衛を気取ったりすることもなく、民族別でもない。従来の社会運動からすれば、まるでないもの尽くしであったが、当時の日本ばかりか全世界に通じる普遍的な新しい運動の潮流に棹さすものであった。

とりわけ日本で言えば、一九六五年頃から運動を開始した「ベトナムに平和を！ 市民連合」(ベ平連)、さらには、同じころ各地の大学単位で始まっていった本館封鎖・バリケードストライキという実力行使を伴い、後に全共闘運動と呼ばれるようになった運動の中でも、無党派の人々の運動に繋がるものであった。

民闘連はまた、在日の民族運動の中でも、独自の潮流を創り出していた。従来の祖国の民主化運動や南北統一に繋がる運動とは一線を画し、日本社会の民族差別と闘うという一点で、民族的帰属を超えて共闘する人たちの運動体であった。

そのような人々にとっては一斉糾弾の方針転換グループやその前盾・後ろ盾となった金時鐘の理屈などはもはや、論理ばかりか実践によって乗り超えてしまった過去の遺物であり、議論の対象にもならなかったのだろう。

それに加えて、在日の知識人、具体的に言えば金時鐘に対する長期的展望に立った戦略的配慮のようなものも関与していたのだろう。在日知識人として次第に著名になっていく金時鐘に対する批判によって、在日の民族差別撤廃と権益擁護運動に混乱をもたらし、あげくはレイシストの攻撃に格好の材料を与えることを懸念するという要素も絡んでいただろう。しかも、いつかは改めて統一戦線的な協力関係になる可能性なども想定した、一種の戦略的寛容の姿勢を、名指しの批判を慎む形で表現していたのだろう。

以上のように、金時鐘に対して厳しい批判的観点に立っていた人々でさえも、その公表を憚ったことにはそれなりの理由があり、当時の運動の流れにおいては自然なことだったのかもしれない。ところが、そうした戦略的配慮も絡んだ金時鐘の在日観やその言動に対する批判の自己規制が、筆者のような観点からすれば、大きな禍根として浮上する。

というのも、金時鐘は方針転換グループの立場から、方針転換反対グループが創り上げていた運動を否定する議論を、自分に与えられた様々なメディアを通して発信し続ける。それに対して、あってしかるべき反批判が自己規制された結果、まるで金時鐘の議論こそが事実であり正義であるような信憑が、実際の闘いの現場を知らない一般の人々や金時鐘の読者層などで醸成され、しだいに拡散・蔓延していくからである。

3 〈自分・在日語り〉も含めた金時鐘の〈超越的自己認識〉

(1)〈自分・在日語り〉の話法とその聖域化

筆者はすでに前章において、一斉糾弾闘争にまつわる金時鐘の〈自分・在日語り〉について次のような議論を展開した。

在日や自分についての金時鐘の証言やテクストの少なからずは、彼特有の様々なバイアスが重層的に作用した創作物であり、事実とは遥かな距離がある。

それらの〈物語〉の最大の特徴は、語り手＝主人公＝金時鐘に全権があって、何もかもが語り手に発して語り手に収斂することにある。真理や正義など、もろもろの至上の価値の一切も同断である。

そうした前章の分析結果を引き継いで、本章の前節においては、非現実的な側面を多々内包しているにも関わらず、様々な事情が相まって、あってしかるべき批判にさらされずに済んだ結果、金時鐘の語りの内容こそがあたかも事実であるかのような信憑が、メディアや読者一般、さらにはその外縁としての在日社会を含む日本社会に定着してきた。しかも、その語り手である金時鐘が、そうしたものの根源に位置する神であるかのような信憑も醸成されてきた。そもそも、金時鐘の自分・在日語りの大きな特徴が、その中心にはいつも金時鐘が位置するような〈自己劇化〉にあるので、それが読者やメディアに伝染した結果とも言えるだろう。

それに対して、本節以降では、そうした前章と本節における議論の延長上にありながらも、ひとまずはこれまでの検討対象であった自分・在日語りからは離れて、金時鐘がそれ以外の様々な場所で頻繁に語る自己認識にまつわるエピソードをとりあげて、それが自分・在日語りとどのような関係にあるかを検討する。

(2) 詩人(=つまりは金時鐘自身)の特権化

金時鐘には、詩そして詩人を特権化する基本テーゼがあり、そのことを当人が様々な場で誇らしげに語っている。例えば、金時鐘その他の在日文学者の異様な日本語が「もう一つの日本語」などと称揚されるようになり、それをテーマとするシンポジウムが開催された。そして、多数の参加者を集めて大成功だったらしく、その報告が一冊の書物として上梓されているのだが[9]、その本の中で詩人・金時鐘が開陳している論理とそれを受容する現場の様子を単純化してみると、次のようなことになる。
① 詩を否定する散文的で劣悪な世俗世界、その最たるものが日本の社会であり、それが〈詩と詩人が尊重される朝鮮〉と比較対照される。
② 詩人は、そうした軽薄で犯罪的な日本に包囲され排除されざるをえないのだが、その最たる者が、日本の詩壇では〈孤絶〉している自分、つまり詩人＝金時鐘に他ならない。
③ ところが、そのような宿命的な条件に置かれているにも関わらず、金時鐘の詩集は日本で最も愛好される詩人・谷川俊太郎の詩集に匹敵する売れ行きを示している。
④ つまり、金時鐘とその詩は、この日本という邪悪で軽薄な社会状況、思想状況の中にあっても単独で屹立している。
⑤ そうした金時鐘の論理展開に熱心に耳を傾けていた聴衆が一斉に、待ってましたとばかりに、世俗から孤絶して屹立していると自画自賛する金時鐘に拍手喝采し、詩的で聖なる世界と散文的世俗の対立を超越した金時鐘に魅了されるばかりか、同一化した至福の時空が成立する。
以上については、その論理展開の各段階、或いは、その移行段階のそれぞれにおいて、その言葉の甚だ単純なトリックや集団的熱狂から身を引き離してみれば、すぐさま大小数々の矛盾に気づきそうなものなのだが、詩人も聴衆も、その矛盾そのものに、或いは、むしろその言葉のアクロバットに魅了され酔い痴れる。まるで宗教的恍惚である。

（3）超越的自画像

次いでは、ある在日の若い作家の文学賞受賞を受けての、金時鐘の講演のエピソードである。その講演内容そのものは公刊されていないが、筆者はたまたまその講演会に参加して、成り行きもあって質問までしたことがある。そうした個人的な記憶に基づく議論なので、眉唾物と見なす向きもあるかもしれないが、決してフィクションではない。筆者は生憎《あいにく》なことに、その程度のフィクションを創り出す才能すら持ち合わせていない。しかし、その代わりというわけでもないのだが、誰も注目などしなかった拙著[10]では「ある在日の著名な詩人」といったように匿名で、そのエピソードに触れたことがある。但し、何しろずいぶんと昔の話なので、細部においては記憶違いがあるかもしれず、それについては予めお断りし、ご理解、ご寛恕を願いたい。

一九九〇年頃だったはずである。当時、「在日韓国・朝鮮人大学教員懇談会」という団体があって、筆者は会費もまともに払わず例会にもめったに顔を出さない幽霊会員のような存在だったが、名簿には名前が記されて、一応はメンバー扱いにしてもらっていた。そしてその団体が主催する講演会に、「講師が著名な詩人である金時鐘氏で、講演テーマも在日の小説家なのに、文学を専門とする会員がほとんどいないので、文学が専門のあなたに、ぜひとも参加して質問などもお願いしたい」と、旧知の幹事の方からの直々の電話を二度三度と頂き、義理もあるし、久しぶりに旧知の方たちと一杯交わす機会にもなるかなと思って、参加を約束した。

そして当日、会場のＫＣＣ会館（大阪市生野区）に足を運んだ。そこは学生時代に集会や研究会などでよく通い、一度などは両親に反対されて困っていた友人の結婚式を、その会館の一室を借りて友人一同で準備して無事に終えたこともあったので、懐かしいところだった。そういうノスタルジーも参加を決めた理由の一つだったのかもしれない。

講演テーマは「在日二世の小説家・李良枝と芥川賞」の類だったように記憶しているが、正式名称は定かでない。筆者はその講演のテーマとされていた作家・李良枝の作品はほぼすべて読んで好感を持っていたが、芥川賞授賞作である『由熙』については評価に迷いがあって、参考になりそうな話でも聞けるかとの期待も少しはあった。

さて、金時鐘の一時間足らずの講演内容は次の通りだった。李良枝の芥川賞授賞については、在日としては警戒が必要である。日本の老獪な政界や文壇による在日知識人包摂の一環ということを忘れてはならない。植民地時代から日本社会、とりわけその政治は、常にそのようにして朝鮮人知識人を包摂・排除してきた。そして解放から半世紀を経た昨今、かつての植民地主義の復活の気配が本格化しており、その一環として李良枝に芥川賞が授けられたという側面を忘れてはならない。

金時鐘は、以上の基本ストーリーを、修飾語や歴史的事実の断片を取り換えながら繰り返し、筆者はいたたまれなくなった。作品について、そしてその著者について何一つ具体的に言及せずに、もっぱら政治や社会の状況論で作品と著者を裁断しているように思えて、自分がその作品と作者になりかわって反論したい気分だったし、その場でその気持ちを抑え込んで黙っている自分自身にも、腹立たしかった。

講演が終わって質疑応答の時間になったが、司会者の再三の呼びかけにも挙手の気配すらなく、何とも白けた雰囲気が会場に広がっていった。やがて、困りはてた司会者が会場の最後尾の隅に隠れるように座っていた筆者に、訴えかけるような目つきを繰り返し送ってきた。筆者もようやく覚悟を決めて挙手して質問してみた。

しかし、実際には質問というより、先に触れた不満を少し具体的に述べる形になった。

「おっしゃるような危惧も当然でしょうが、それよりもその若い作家が何故にものを書こうとしたのか、そして、何を、どのように書き、その書き方がどのようになっていて、全体としてどういう点が魅力的でどういう点がそうでないのか、その作家のそれまでの作品と受賞作との間にどのような発展、或いは停滞や後退のようなものが見られるのか、さらには在日の状況に照らしてその作品をどのように見ることができるのか、そんな話をお聞きしたかったのですが、いかがでしょうか?」

ずいぶんと年長であるうえに既に著名な金時鐘に対して失礼だったかもしれないが、そうした公的な場では、率直こそが義務だし礼儀でもあると本気で信じている筆者としては、僭越ながらそうした自分の原則を押し通さざるをえなかった。すると、当然のことだろうが、金時鐘は戸惑い、顔つきも強張っているように、筆者には映った。しかし、さすがにその種の場には慣れているのだろうか、少し間をおいてから、口を開いた。

「いやあ、僕は彼女、つまりヤンジ（良枝）のことなんだけど、彼女のことをよく知っていて、妹のように可愛がっているんだよ」

そのセリフとそうしたことを語る際の、朝鮮語のアクセントや発音の痕跡と大阪弁や東京弁などが混じった奇妙な言葉つきが鮮明に記憶に残っている。このエピソード自体が筆者の記憶に残っているのは、その特徴的な声つき、語り方のおかげのような気もする。

その出だしの言葉を聞いた時点で筆者は既に、まともな議論にはなりそうにないと諦めかけたのだが、実際にその通りになった。金時鐘はまたしても、植民地時代以来の日本による朝鮮人と在日知識人包摂と排除の老獪な詐術というストーリーを繰り返した。筆者は苛立ちを抑えきれなくなり、改めて質問しようと思って、司会者を見つめた。すると今度は司会者がそんな筆者の気配を察して、「そこまでにしてくれ」とまるで哀願するような目つきを向けてきたので、思いとどまらざるをえなかった。司会者は筆者のその様子を確認して安堵したように、「時間になりましたので、残念ですが、これで閉会といたします。ご質問などがありましたら、ぜひとも懇親会の席で率直な意見交換をお願いします」と締めくくって閉会となった。

司会者から、「さっきは申し訳なかった、お詫びも兼ねて一杯」と懇親会に誘われたが、いくら酒に目がない筆者でも、とてもそんな気にはなれず、足早にその場を去った。そして、帰路でずっと思っていたのは、次のようなことだった。

自らの皇国臣民体験をもとに、まるで歴史に対する全知の存在のように、後続世代その他に訓示を垂れるばかりで、肝腎の今の現実、つまり李良枝とその作品そのものについては何一つ触れないことで、結果的にはその若い作家とその作品を「愚弄」「断罪」している。

その時の金時鐘の話、さらには筆者の質問への対応が、本章で既に登場いただいた張鮮仁の批判に対しての、金時鐘のその後の態度とよく似ていそうな気もする。

後続世代の作家が文学賞を授賞した際には状況論を盾にして、日本の文壇や政界や社会の老獪な知恵に翻弄されてはならないと警鐘をならしていた金時鐘なのだが、その頃からは、彼自身が次々と色々な賞を授与されるようになった。その際に金時鐘は、その授賞をどのように思い、どのように対処したのだろうか。李良枝の場合と同じように、日本の老獪な知恵を警戒して、それを拒否するべきと考えてそれを実行したのだろうか。或いは、李良枝と自分とでは文学の質やレベルが根本的に異なり、自分の授賞は正当な評価に基づくものであると自らを誇り、嬉々として授賞したのだろうか。もしそうならば、まさに独立独歩、唯我独尊の金時鐘にふさわしく、筆者が一斉糾弾闘争に絡む彼のテクストから析出してきたものとほぼ同型の自己像、そして在日像が見いだされることになる。

だからこそ、彼のそんな語りを事実とみなして、金時鐘やその同時代の在日社会や人々を見るようなことは断じてしてはならない、と筆者は思う。

ところが、そんな金時鐘の理屈を、嬉々として受け容れるばかりか、むしろその金時鐘と声を合わせて、さらには当人に成り代わってスピーカー役を務めることを自らの使命と見なしていそうな人々が少なからずいる。次節ではそのような人々の、善意や心酔や利害など実に多様な動機が絡んだ金時鐘自身との共同作業の様相について検討する。

4　金時鐘の〈自分・在日語り〉と読者――〈金時鐘の神格化プロジェクト〉

(1) 語り手と聞き手の共同作業――〈金時鐘の神格化プロジェクト〉

本節では、表舞台に登場するのは金時鐘本人とは限らず、その周辺の人々の方がむしろ前面に出てくるのだが、だからといって金時鐘が無関係かと言えば決してそうではない。まるで両者が示し合わせた共同プロジェクトのような現象について考えてみる。ここでもいくつかのエピソードを紹介しながら議論を進める。

先ずは、発話者が、日本人の物書き→金時鐘→在日の青年詩人→金時鐘、といったように転々とするのだが、全体としての主人公は金時鐘にほかならず、金時鐘に発して金時鐘に収斂するまさしく金時鐘にふさわしい軌跡を描くエピソードである。

文芸評論と小説なども数多く書いている日本人作家が、筆者などから見てもなかなかに魅力的な在日朝鮮人文学に関する書物を刊行した[11]。すると、その中で称揚されている在日朝鮮人文学者の代表的存在である金時鐘が、その書物を大いに称賛する書評を書いた。その内容を大まかに言えば、「今までにはお目にかかったことがない斬新な在日朝鮮人文学論であり、概念整理が素晴らしくて、目からうろこ」といったものだった。

すると今度は、在日の青年詩人が次のようなことを言い出した[12]。その書物の議論は、金時鐘のはるか昔の文章（『ヂンダレ』所収）に既にそのままの形で見出せる。つまり、その素晴らしい在日朝鮮人文学論のプライオリティは金時鐘にこそあると、金時鐘を称揚するついでに自らの「発見」を誇り、しかも、〈在日朝鮮人文学の元祖〉としての金時鐘に対する称賛の合唱へ、人々を駆り立てるような文章を書いた。その青年詩人は金時鐘に師事していることを自認しており、自らが敬愛してやまない師匠が自分ではなく他の物書きを誉めたことに対する嫉妬のようなものも作用していたのかもしれない。

但し、その程度のことであれば、師弟が絡んだ三角関係のような少々微笑ましいエピソードとでもみなして見過ごせばいいようなものなのだが、この三者の絡み合いには、何か奇妙なものがありそうに思った筆者が、その事情に少し立ち入って整理を試みた結果は次の通りである。

先ず、在日朝鮮文学論を上梓した著者はその書物の中で、自分の論は在日朝鮮人文学を主導してきた金石範や金時鐘の圧倒的な影響下で形をなしてきたものであることを、コンテクストで明示している。つまり、在日朝鮮人文学論についてのプライオリティを誇ったりしていそうにない。したがって、その段階までは何一つ曖昧なことはない。話がややこしくなったのは、その他の人たち、つまり、金時鐘と在日の青年の詩人という〈師弟コンビ〉が絡んでからのことなのである。先ずは金時鐘の書評である。

金時鐘の書評における称賛は、後進もしくは弟子筋に対しての、先人もしくは師匠筋からのお褒めの色合いが濃いもので、一般的な礼儀の範疇に属するものとも言えそうなのだが、実はそれに止まらない。自分（たち）の理論を、自分たちに倣って自らのものとするに至った後進の日本人評論家の議論を誉めたたえることによって、実は、自分たちが打ち立てた在日朝鮮人文学に関する理論と実作を自賛する気配も濃厚といった具合で、なかなかに戦略的なものにも見えてきて、筆者に言わせれば、金時鐘の面目躍如なのである。

ところが、そうしたほとんど無意識なまでに体質化した戦略性に気づかないか、或いは、気づかないふりをした青年詩人が、師匠たる金時鐘の書評における称賛が本来的に向けられるべきなのは、書評の著者つまり金時鐘自身であるという自らの〈発見？〉を盾にして、尊敬してやまない師匠の業績を競り上げるばかりか、自らをその師匠の正統的な後継者に仕立て上げるような挙動に打って出た。つまり、師匠そして自分の価値の競り上げの一石二鳥を狙ったわけである。結果として、この称賛の掛け合いは、金時鐘に始まり金時鐘に終わるというように、まさに金時鐘にふさわしい円環を描いて万々歳となった。

この種のことが随所で生じて、ヒーローたる金時鐘の神格化に向けての熱を帯びた連鎖が続く。イベントに金時鐘を呼べば確実に聴衆を確保でき、その金時鐘がこれまでにあちこちで何度も触れ回ってきたことに少しばかり脚色を施したお話を披露すると、聴衆たちは見事なほどに感応し、興奮の面持ちのままに帰路につき、その興奮が口移しでさらに広まり、金時鐘のアイドル化がますます進む。

因みに、『ヂンダレ』研究会が主催したシンポジウムからの帰りに、金時鐘とも親しいジャーナリストが筆者に対して、「まるで新興宗教の集まりみたいでしたね。誰もが教主様に対するような態度で、本当に驚きました」と呆れ笑いしていた。その御仁も筆者との私的な雑談ではそうしたことを言いながらも、表舞台ではれっきとした金時鐘プロジェクトの推進者の一人に他ならない。

(2) 白を赤と言いくるめる語りの達人――素敵な手作り教材の本当の作者は?

次もまた金時鐘の弟子筋のAさんの、しかし今度は、美しい語りにまつわるエピソードである。金時鐘の湊川高校在職の後半期に、金時鐘その他に誘われて湊川に着任して以来、手取り足取りの指導を受けるばかりか、公私にわたって師事しながら教員生活を送ったAさんが、その恩師に対する熱い称賛と感謝の文章を書いており、[13] それを読むと心が温まってくる。例えば、「朝鮮語授業の教え」という見出しがついた部分では、教師としての金時鐘の奮闘ぶりと有能さとが次のように称えられている。因みに、以下の引用文中の○付き番号は、議論の便宜のために筆者が付したものである。

「……その時先生は湊川高校一二年目で、すでに体系だった朝鮮語の教材を作っておられ、私はそのおこぼれを頂いていた。……①教材に親しみを持たせるためにプリント教材にはイラストが描かれている。子音と母音の字母が合わさって文字(ハングル)となるのだが、その説明をするためのイラストが男性と女性の相合傘で、その男女が漫画的でなく、悩ましい感じがするくらい実に写実的に描かれていたのを覚えている。朝鮮語を日本の高校で初めて教える、それも生徒間の学力のばらつきが多い定時制ということで、②先生は教授法や教材・教具も色々と工夫されていた。ハングルの発音を教えるとき、発音記号で表記するとアレルギーを起こす生徒が多いので、『発音がな』というアイデアを考案された。朝鮮語の発音は日本語にないものもあるので、日本語と同じ発音の場合は『ひらがな』表記、ない音は『カタカナ』表記とし、また終声子音の発音表記も『カタカナ促音』という、『かな』表記法を創られた。③その表記法は今も湊川高校で継続して教えているし、全国的な教育組織『高等学校韓国朝鮮語教育ネットワーク』の全国研修会でも発表させていただいた。独創的なアイデアで生徒に分かりやすく教えられ、高校教育における朝鮮語の教授法開発の草分け的な存在でもある。悩ましい相合傘のプリントも含め、先生の教材プリントは今も大切に保存している。……」

前述したように、筆者も最初は心温まる思いでこの文章を読んだのだが、今ではまことに残念なことに、感動などしていられなくなった。ここで描写されているのと「ほぼ同じ」謄写版刷りの二つのバージョンの手作り教材を入手して、最初はその発見に喜んだが、次いでは驚き、あげくはうろたえた。と言うのも、筆者が入手したその手作り教材の作成者は金時鐘でもその別名である林大造でもなかったからである。因みに、上の「ほぼ同じ」というのは、右記の引用文の①のイラストの描写に少し異同があるからである。筆者が入手したものでは、男女の相合傘ではない。母の傘には母だけ（母音）、子の傘の方は二人の男の子（複数の子音）の相合傘となっており、その方がAさんが描いているイラストよりも、母音の下には終声として子音が二つ重なることもあるハングル文字の構造を正確に具現している。しかし、だからといって、両者が別ものだとは思えない。母と男の子の相合傘ではない筆者のバージョンでも、Aさんが言うところの「悩ましい」印象が確かにあり、たぶん、同じものをAさんの場合はその「悩ましさ」に圧倒された記憶に基づいて描写されたのに対して、筆者はそれを参考にしながらも、入手した現物を目の前においての説明であり、以上のような両者の微妙な差異はむしろ、それらが同一物であったリアルな証拠のようにも思える。

それはさておき、筆者がその教材を入手した経緯を少しは説明しておいた方が、話の信憑性も少しは高まるだろう。

筆者はその教材の話をAさんの文章で知って、ふと勘が働いた。そこで、旧知のBさんとメールやラインを使って数十年ぶりに連絡を取った。そして、何度かメールのやりとりを重ねる過程で、先に引用したAさんの文章を筆写してお送りしたところ、Bさんは「もしかして」と心当たりがあったらしい。自宅倉庫の書物や書類の山の中をまさぐって、その教材の原本を発見し、それをスキャンしてメール添付で筆者に送ってくださり、補足情報もいろいろと付け加えてくださった。

筆者が受け取ったその教材には二つのバージョンがあって、どちらも表紙には一九七五年、「湊川高校朝鮮語科」と明示されている。また、Aさんの文章で既に紹介されているような多様な工夫がすべて凝らしてあるのだが、その他にも、前掲のAさんの文章では紹介されていない工夫もいくつかあって、その一つが表紙のタイトル文字の工夫である。朝鮮語に該当するハングル文字「チョ

ソン　オ」のそれぞれ、例えば「チョ」は漢字の小さなタイプ文字の「朝」を大量に組み合わせて造形している。「ソン」も「オ」も同様である。「チョ」というハングル文字は二二個の「朝」という漢字タイプ文字で造形されている。

そしてまた、この教材の後半部の試験のところでは、朝鮮語を学ぶことに関する率直な考えを受講生に問い、その質問に際しても、いかにも在日二世らしい心境と観点を基盤にした、実に丁寧な文章を記している。さらには、イラストとして用いられたスケッチにも、日本の漫画もしくは劇画の影響が濃厚に窺われ、日本で幼少年期を過ごした絵心のある人が、描き手であることが分かる。そして最後には、一冊目は「イムジンガン（臨津江）」、二冊目は「鳳仙花」の楽譜、そしてカタカナとハングルによる歌詞が提示されており、この選曲もまた筆者が知る限りでは、在日一世ではなく二世、それも一九六〇年から一九七〇年頃に高校、大学生活を送った世代の特徴のように思われる。

余談だが、そのBさんは在日の学生グループの筆者からすれば四年も先輩にあたり、新入生歓迎会で既に卒業していたBさんの、美声と驚くような声量を活かした「鳳仙花」の独唱を聞いた時の驚きが、五〇年以上も経た今でも鮮明に記憶に残っている。当時の在日の韓国系の学生や青年の団体では、民族的素養の養成の方法の一つとして、植民地時代の抗日の想いを託した歌曲をよく歌っていたのだが、Bさんの歌唱力と声量は際立っていた。

Bさんの証言をもう少し引用する。「自分は一九七五年九月から七六年三月までの約半年間、湊川高校で非常勤講師として週に三日ほど朝鮮語を教えていたが、最初に学校から渡された教材がまったく使いものになりそうになかったので、数冊の教科書を参考にして自分で作成した。九月から一二月まで、一月から三月までと、それぞれの学期用として二つのバージョンを作成し、二つ目の方は、英語の初級教科書のスタイルも少し採用するなど、生徒たちが馴染みやすいように、さらなる工夫も試してみた。その間、金時鐘氏とは職員室で向いあわせの机に座っていたし、同じ朝鮮語を教える間柄だったのに、まともに言葉を交わした記憶がない。すごく偉い先生といった雰囲気もあって、若輩の自分からは近寄りがたかったし、先方からこちらに声をかけてくるようなこともなかった。一斉糾弾については一九六九年頃から関心を持ち、その集会などにも参加したことがあり、その際にとっておいた録音テープを、前任の民族学校の生徒たちに聞かせて感想を話してもらうような授業も試みたことがあった。だから、湊川の話があった際には、何かができるかもと、自分なりの抱負もあって着任したのだが、その教育現場では自分が少し知っていた一斉糾弾の熱気などみられず、むしろすさんだ気配の方が強く、自分が構想していた教育などできないと諦めた。そして、自分をそこに紹介してくれた方に迷惑がかからないように配慮していただけるとの確約を得ることができたので、辞めることにした。あの教材は自分なりの想いもこめて作ったが、自分が職を辞した後でも使われていたなんて想像もしていなかったので、すごく驚いている。よかったと思うが、だからと言って、そんなことを今更、公にしたりでもすると誰かの迷惑になるかもしれないし、業績などといったことにはまったく興味も執着もないので、その教材の帰属権（著作権）などを主張したりするつもりもない。すべて終わったことである」

このようにおっしゃっていたのだが、無理を言ってお会いして、「匿名でもかまわないので、この手作り教材が誰によってつくられたのか、その事実だけでも公表することを許していただきたい」と重ねてお願いしたところ、ようやくこのような形での公表の許可を得た。

そのBさんの証言を信じるならば（そしてもちろん筆者は全面的に信用しているのだが）、先に引用した教材の作者に関するAさんの美しい回顧談は、嘘（もちろん金時鐘による）か誤解（その文章の著者であるAさんの）ということになる。

そしていずれにしても、金時鐘が担当の朝鮮語の授業においても誠実で非常に優れた才能を発揮していたというAさんその他の人々の話（金時鐘自身も、あちこちでそんなことを匂わしている話）の一角が崩れかねない。

それにまた、そのBさんが一九七六年三月に湊川をやめてからAさんが着任される一九八五年までの約一〇年間、さらにはその後も、その手作り教材は作成者が預かり知らないままに使用されていたことにもなるので、倫理的あるいは法律的な問題にもなりかねない。Bさんは、金時鐘とはほとんど話を交わしたこともなかったらしいから、辞める際にその手作り教材について申し送りなんてこともなかったし、ありえなかったと、Bさんはおっしゃっている。

ところで、金時鐘はどのようにしてその手作り教材の存在を知り、それを授業で活用するようになったのだろうか？　さらには、後進のAさんが先の引用文のような称賛の文章を書くようになった経緯はどのようなものだったのだろうか。

Bさんが辞職してから、そのクラスを引き継いだ金時鐘が、生徒が持っていた手作り教材をたまたま目にして、それが生徒にも好評のようだし、自分が見てもなかなかよくできていると感心したので、その全体ではなく、その一部を増し刷りして使い始めたのだろうか。何故、一部かと言えば、試験問題以下の部分などは、金時鐘作でないことが一目瞭然、少なくとも当人にはそのように感じられただろうから、それまでも増し刷りすることはなかったのではと、筆者は推察するからである。

ともかく、一〇年以上も、一部、或いは全体を増し刷りするなどして使い続けていたからこそ、後進のAさんが着任した際にもそれを目にすることになったのだろう。Aさんはそれを目にした時に、金時鐘から自作の教材と紹介されたのだろうか。或いは、金時鐘はそんなことを一言も言わなかったのに、Aさんが状況から判断して金時鐘の手作り教材と勝手に思い込んだのだろうか。

ともかくその手作り教材が大いに気に入ったAさんは、それを金時鐘作と信じ込み、教員仲間の研究会で紹介して好評だったらしい。さらには、金時鐘の研究者が多く投稿したある雑誌の金時鐘特集号に、自分が知る金時鐘の様子を紹介する際に、金時鐘の教育現場での誠実さと有能さの物証として、その手作り教材を事細かく描き出した結果、その〈嘘〉もしくは〈誤解劇〉が筆者の目にとまり、そして何となく勘が働いた筆者がおぼつかない足取りで探索を始めることになった。そしてその結果、幸いなのかどうか、金時鐘ではない（本当の？）作者が見つかるといったように、偶然の連鎖によって意識的、或いは不作為の〈嘘〉、あるいは〈誤解〉に始まった〈大嘘〉が露見するに至ったわけである。

　このようなエピソードこそは、金時鐘自身やその周辺あるいは信奉者たちが、意識的であろうとなかろうと、好意や利害や思惑などが微妙に絡んで、あたかも自動運動のように始動・展開する〈神格化〉作業の格好の事例だろう。

　因みに、Aさんはその手作り教材の他にも、同じ教育現場で同じような苦労を重ねた共感をベースに、厳しい学校現場で生徒たちと格闘するための金時鐘の日々の鍛錬の様子について、次のように紹介している。

「通勤される前、剣道の有段者でもある先生は木刀の素振りをされ、気合を入れて学校に向かわれたという。私も、今でこそ連れ合いから言われなくなったが、いつもの帰宅時間より早く家に帰ると、『生徒とケンカして、学校辞めてきたの』とよく言われた。日々肩を張っているように、傍目にもそう見えたのだろう」

　こうしたエピソードを読むと、〈ごつごつ〉とした文章の随所で切っ先鋭い警句を交えて読者や聴衆をうならせる詩人・評論家のイメージに、背筋のピンと張った剛直で孤独な名剣士（教師）といったイメージとが重なって、思わず賛嘆の溜息でもつきそうになるのだが、その一方で、何かがひっかかる。金時鐘における言語と身体との関係性の問題が、である。

　皇国臣民として叩き込まれるばかりか、自ら進んで懸命に学んだ日本語なのに、解放を迎えるとそれから脱するために「壁に爪を立てる」ようにして「民族語」を学んだ。そして、その後にはやむをえない事情から日本に逃げてきて、しかも日本語で文章を書いて暮らすようになると、植民地主義を引きずる日本語に抵抗するために「もう一つの日本語」「元手のかかった自分だけの日本語」を創り上げたという金時鐘の理屈を真似て、ついつい次のようなことを言いたくなってしまう。

身体に始まって人間全体を統御・支配する心身の訓練であり、日本主義、大和魂のシンボルにもなってきた剣道、それを植民地下で一級の皇国臣民になるために身に着けた金時鐘は、日本語に対するのと同じように、自らが有段者である剣道もまた、日本剣道に抵抗する〈もう一つの日本剣道〉に再創造し、教員になってからはその〈民族的に正しい、もう一つの日本剣道〉の鍛錬を続けていたのだろうか？

或いは、そんなことではさらさらなくて、昔取った杵柄で、皇国臣民としての心身訓練の剣道の気合と所作を反芻することで、いつ襲いかかってくるか予測のつかない被差別生徒たちの攻撃に立ち向かうためにこそ、日々、心身の鍛錬を続けていたのだろうか。もしそうであるなら、まるで日本軍人（あるいは学校への配属将校）の亡霊が眼前に立ちはだかるような気分になって、ただでさえ臆病な筆者などは思わず身をすくめてしまう。

最後に短くもう一つだけ。この誠実で情感豊かな後継者であるAさんは、金時鐘の生来的と思える「語りの達人」ぶりを次のように称賛している。

「先生の話はいつも不思議な説得力があり、時として白でも赤く見えるのである」

筆者もいささかの躊躇もなく、双手をあげてこれに賛成したい。

(3) 追従と侮蔑とが表裏一体となって〈神格化〉される「闘う詩人」

最後は、辛口で著名な日本人の評論家と、「闘争を糧に在日を生きぬいてきた」とされる詩人との掛け合いで構成された書物[14]において、全面的に展開する〈金時鐘神格化プロジェクト〉の様相である。おそらくは若者の啓蒙を目指した新書判の書物で、二人が大げさな美辞麗句でエールを交換する様子が、何とも異様である。

先ずは序文の一節である。

「私には戦後の日本の歴史認識を踏まえた、良心の発光体のような社会評論家である。遠くで見上げてばかりいたその佐高信さんと、このたび図らずも面晤の場を同じくする機会に恵まれた。対話の妙手とでもいうか、聞き上手な佐高さんの相槌にほだされて、ついつい饒舌をふるってしまった」(金時鐘)

これを受けて、後書きではその「良心の発光体」である佐高信が、次のように倍返しのエールを、金時鐘が嫌っているらしい吉本隆明を引き合いに出して、繰り広げる。

「吉本は吉本教の教祖などともいわれたが、教祖になるような人は時鐘さんの友ではないのだろう。……穏やかに話しているが、時鐘さんの批判は肺腑をえぐる批判である。時鐘さんは『詩に対する期待や認識』が『うちの国』と日本では大分違うとも言っている。『詩人は本当のことをいう人。権力になびかず、時代の危機を予見できる人』であり、『一篇の詩で牢獄につながれたり……』。だから、金時鐘さんは詩人なのであり、その底深い語りの聞き手をつとめたことを私は誇りに思っ

ている。『ありがとう、時鐘さん』と、読者とともに私は言いたい」（佐高信）

筆者に言わせれば、金時鐘も吉本も共に教祖気質があるからこそ相いれないのだろうと、ついつい突っ込みでもいれたくなるところなのだが、それはさておき、以上の序文と後書きに挟まれた対談本文においても、大げさに言いたい放題を垂れ流す二人なのだが、その中ではまだずいぶんと慎ましく、ついつい見過ごされそうな次のような言葉遣いにまで、金時鐘の本質的な何かが露呈しているように思われる。

「澤穂希選手をはじめ、ワールドカップの時の多くの選手が、ＩＮＡＣ神戸に所属していた。……オーナーは文弘宣という在日同胞で、……彼は何億もの金を使って、選手をかかえて飯を食わせ、今ようやくＩＮＡＣ神戸のオーナーは在日の事業家であるということが知られてきてはいます。それを承知で『ナデシコジャパン』と喧伝しているわけですから、頬がこわばります」（金時鐘）

金時鐘としては、日本の差別排外主義を厳しく批判する材料として紹介しているつもりのエピソードなのだろうが、そうした「正しそうな意図」のためならば、何を言ってもいいのだろうか。金時鐘の友人もしくは知人らしいその文某という人物の会社がスポンサーであるスポーツチームの選手たちを、オーナーに「かかえられ、食わせられて」いたなどと吹聴しても許されるのだろうか。

詳しくは知らないが、たぶんメセナと契約関係にあった彼女たちは、働きながらサッカーもしていたのだろう。そして、そのことで選手たちはそのオーナーに感謝していたかもしれない。しかし、そうした契約関係を「かかえられ、食わせられていた」と、公的な場で、しかも、その契約とは何の関係もない他人から言われる筋合いなどあるはずもない。

金時鐘がその文某と同胞という縁もあって親しい関係であろうと、その〈太っ腹らしい〉金持ちになり代わって、そんなことを公言する権利も資格もあるはずがない。ひょっとしたら、私的な雑談の中で、そのオーナーがそんな言葉で自分の〈度量〉や〈善行〉を自慢するのを聞いた詩人が、〈義憤？〉にかられるあまり、書物の中で代弁でもしているつもりなのかもしれない。しかし、例えそうだったとしても、その善意のつもりの代弁は、その〈同胞〉を辱めるばかりか、刺身のツマのように持ち出された選手たちをも辱める。さらには、そうした失言に気づくどころか、むしろ自慢げに破廉恥なセリフをのたまう詩人、そしてその人に追従を惜しまない社会評論家が、真理や正義を気取る茶番劇。

その本の中で、金時鐘は「水平社宣言」を、勤務する高校の机の上において、それを自分のバイブルのようにして読んでから授業を行っていたと言うのだが、金時鐘の文章をずいぶんと読んできたつもりの筆者でも、そんなことは初耳（初見）で、またもやこの人お得意の過剰サービス、或いは受け狙いのでっちあげではないのかと、ついつい疑ってしまうのだが、そんな人がその舌の根も乾かないうちに垂れ流すのが、ここで紹介した女子サッカー選手の話なのである。

言葉を扱う詩人、生徒たちに民族的にもまっとうに生きるように長年にわたたって教え諭して再生させてきたと自らも語り、そのように信じられてきたヒーロー教員が、自分の言葉にこれほどに無自覚な姿を見るのは辛く悲しいとでも言いたいところなのだが、むしろそれこそがこの人の真骨頂なのだろう。

他者を、もちろん読者もそこに含まれるのだが、それを上から見おろして教え諭す理屈や言葉が満杯のこの本の読者は、佐高が言うように、その主人公である金時鐘に「感謝」するのだろうか。倫理的にも教育的にも「拙くてひどい」言葉遣いを、厳しくチェックするどころかそれが二倍にも三倍にも膨れ上がるように促す社会評論家、その結果を整理して啓蒙書に仕立て上げた編集者たちは、自分たちがひどいことをしでかしていることに気づいていないのだろうか。

この書物の関係者一同が、おそらくは厳しく対立しているつもりであろう「嫌韓本」と呼ばれるセンセーショナルな悪罵に満ちた活字の群れとこの書物とは、対立するどころか、言葉や論理に対する慎みや尊敬を欠き、自分たちの真理や善を先験的に自任した結果としての言葉の暴力という点では、同じ穴の狢《むじな》ではなかろうか。この種のことが〈金時鐘神格化プロジェクト〉が陥りかねない究極の様相なのだろう。

まとめにかえて——金時鐘の〈自分・在日語り〉と文学的営為の関係について

(1) 金時鐘の〈自分・在日語り〉の功罪とその活用方法

最後に、これまで長々と検討してきた金時鐘の〈自分・在日語り〉と、これまではまったく議論の対象にしてこなかった彼の文学的営為との関係についての、現時点における筆者の推論を提示しながら、金時鐘に関する今後の研究の展望について述べる。それが翻って、本論の成果と今後の可能性ばかりか、そうした議論の限界をも合わせて照射してくれるはずなので、それをもって本章のみならず、本書全体のまとめにかえたい。

金時鐘は、実に多様な面で才能豊かな人である。例えば、ある現場に入りこんだ途端に目ざとく、そこに長年いる人たちよりもその場の問題を読み取るばかりか、それを言語化つまりはキャッチコピー化し、その現場そしてその他大勢の人々を魅了する。いわば広義の政治感覚が非常に豊かなリーダーの資質を備えている。四・三事件の渦中の済州島から日本に密航して何年も経たないうちに、日本共産党やその傘下の在日組織のスターとして実に多様なイベントを企画するばかりか、自らその表舞台に立ってそのイベントを成功裡に導くような活躍も、その典型的な事例である。彼の〈神格化〉といったことも、そうした卓越した能力を抜きにしては語れない。

但し、その種の能力は往々にして否定的側面も随伴する。それなのに、金時鐘に関してはもっぱら功（正）ばかりが言挙げされたあげくに、彼の書き物ばかりか、その存在自体までが神格化されつつある。そうした感触が強くあるからこそ、筆者はバランスをとるために、敢えて罪（負）に重点をおいて論じてきた。

そして、彼の〈自分・在日語り〉とその題材たる在日の現実との距離、つまり相互の乖離や対立を必然化させた彼独特の話法の重層的な構造を検討してきたのだが、そうした作業には最終的に三つの目標があった。

一つは、彼の語りと現実の距離を正確に見定めたうえで、日本と朝鮮、とりわけ日本人と在日の関係についての理解に資することである。つまり、金時鐘の目で在日の現実を見るのではなく、金時鐘の目や語りが孕むバイアスを明確に意識したうえで、金時鐘のテクストを活用して在日と日本人との関係について考えなおす道筋を示すことであった。そして、それに関してはほぼ達成できたのではないかと、少なくとも筆者は考えている。

次いでは、以上のことと密接に関連するのだが、金時鐘の語りの聖域化、そして金時鐘という存在の神格化のような事態が生じたのは何故か、それを明らかにしたかった。まさか、金時鐘個人の資質だけのなせるわざではないだろうし、単なる偶然でもないだろう。むしろ在日知識人と日本の知識人の長い協働の結果ではなかったのか。そうした推論もしくは仮説を本書の随所で示唆してきたのだが、準備不足もあって真っ向から論じることが出来なかった。そこで、改めてそれに少しだけ立ち入っておきたい。

金時鐘の神格化のような事態については、多様な理由があるのだろうが、そのうちでも日本人とその社会の側に限って言うならば、知識人やそれと繋がるメディアが備えている日本の植民地主義の歴史に対する自責の念が、ある程度、関係しているものと思われる。そしてそれは単に歴史的反省だけでなくて、かつての植民地主義の名残どころか、大日本帝国の基盤としてのレイシズムが再興して日本の政治や社会を支配している現況への対抗的な側面もあってのことなのだろう。したがって、そうした日本の知識人や市民たちの倫理や良識の表れとしての在日知識人に対する好意や寛容は、それ自体として非難の対象になるはずがなく、むしろ得難いものだろう。

　ところがそうした望ましい意識や行動が、本来的に目指していたものとは矛盾するような、在日、とりわけその知識人に対する批判を慮《おもんばか》るばかりか、それを禁じるような暗黙の禁忌コードのようなものをつくりだしているとしたら、そうした事態に口を噤《つぐ》むことは正しいのだろうか。ましてやそのコードを強化するような歴史的責任の取り方の方がむしろ、日本社会と在日との間にひそかに深いくさびを打ち込んでいくのではないか。というより、その兆候が既に広範囲にわたって露呈しているのではないか。じつはそうした問題意識こそが、金時鐘について本書のような議論を企てる動機の一つだった。

　例えば、一斉糾弾闘争の申し子のような生徒たちが地方公務員になったことに対しての、偽情報に基づくキャンペーンを金時鐘が始めた頃に、その誤りと犯罪性について、あってしかるべき批判が本人の目や耳に届く形、つまり公的に、在日と日本人によってされていたとしたら、その後三〇年以上も経ってなお、その誤ったキャンペーンを続けるような証言を、金時鐘が誇らしげにすることはありえなかっただろう。或いは、例え金時鐘自身がそうした指摘や批判に耳を貸さずに、自らが昔にばら撒いたデマゴギーに固執したとしても、彼を敬愛しているからこそ厳しい実証研究を続けてきた研究者たちが、インタビュアーとして、或いは雑誌の編集者として、そうしたデマゴギーをチェックすることもなしに公表するということも、ありえなかっただろう。つまり、誤りは適宜に訂正され、その後には、その問題に関して対立していた陣営や個人間で、望ましい関係の模索がなされたのではないか。

そうしたことを考えあわせると、日本の知識人たちの一部の誠実な自己批判に始まった在日に対する寛容と理解の欲望、それが作り出した〈在日の知識人たちに対する無批評空間〉はやはり看過するわけにいかないと筆者は考えた。

ところが、そのことに関して真っ向から本格的に論じる準備もなく、とりあえずは金時鐘にまつわってそれに関係しそうな事例を紹介しながら推論を提出するにとどまった。近い将来に本格的に論じてみるつもりでいる。

三つ目で最後の目標は、金時鐘の〈自分・在日語り〉と彼の詩の世界との関係について考える基盤をつくりだすことであった。彼の〈自分・在日語り〉と彼の詩作品の世界とは地続きなのか、或いは、全くの別物であり、断絶しているのかについて、詩の門外漢であることを自認しながらも、推論を提示しておきたい。

その結論を先取りして言えば、両者には断絶があるわけでも、その反対に地続きに繋がっているわけでもなく、その間には〈捻《ねじ》れ〉のようなものが介在しているのではないか、というのが当座の筆者の推論である。

〈自分・在日語り〉に関して筆者が指摘してきた現実との齟齬・乖離、そして論理的破綻、さらには、自己肥大化のあまりに〈嘘〉に帰着しかねない彼の語りも、詩の世界ではむしろ美点に変容することがあるのかもしれない。

そうした推論を実証的或いは論理的に根拠づける準備が整っているわけではないので、あくまで推論に過ぎないという留保付きで、その〈捻れ〉の様相を粗描してみたい。

(2)〈自分・在日語り〉と詩や小説などフィクションの指向対象

以下の議論は、詩と散文の原理的区分に関する論理を予め準備したうえで、それを金時鐘の作品に適用するというのではない。金時鐘と彼に関する諸種のテクストを長年にわたって断続的に読むうちに、先ずは両者に一定の区分をしたうえでその両者の関係について考えた方が、金時鐘の世界が分かりやすくなりそうな気がしたというにすぎず、その区分はいわば作業仮説ということになる。

金時鐘の〈自分・在日語り〉と詩の世界とでは指向対象に明確な差異があるのではないか。〈自分・在日語り〉の場合、読者や聞き手はその語りを現実に基盤をおいたもの、現実と地続きのものと想定して読んだり聞いたりする。それが現実と対応し、現実を指向しているという契約が、語り手と聞き手や読者との間に暗黙裡に交わされている。ジャンルとしてそれが前提とされ、その語りは現実に拘束されている。

ところが、その種の語りにあっても、語り手は物語化の誘惑にさらされる。現実の拘束を厳密に引き受けて物事を語りきるのは容易ではない。現実はとんでもなく単調かつ味気ないかと思えば、その反対に複雑怪奇、支離滅裂でカオスのように見えることもある。そこで、それを語る際には、合理化、或いは、そこに語り手自身が関係していれば、自己合理化のエネルギーとその発想とを借り、そのあげくにはそれに身を任せてしまったりもする。しかも、その成果としての語りの方が現実そのものよりも、同じ欲望（単純化、物語化のそれ）を備えた読者や聞き手にとっても受け入れやすいから共鳴も得やすい。したがって、そうした単純化、合理化、娯楽化という名の現実の編曲も、現実社会に特に大きな支障や害を及ぼさない限りは許容されるどころか、往々にして推奨されもする。人に安らぎや励ましやささやかな夢を与え、生活の活力素にもなるからだろう。

ところが、そうした現実の編曲が過度になるあまり、大小の歴史や切実な現実を歪曲して、様々な弊害をもたらす場合も少なくない。金時鐘の〈自分・在日語り〉には、そうした傾向が否定しがたいばかりか、聞き手や読者がそれをさらに増幅させるような伝染性まで備えていそうだからこそ、筆者はそれを執拗に問題にしてきた。

それにまた、それが在日二世の筆者にとって他人事ではなく、自分自身に対する戒めという側面もある。金時鐘が活用する数々の語りの技巧、戦術、戦略のようなものの中には、筆者もその一人である在日一般、さらにはエスニックマイノリティ一般が、厳しい社会的条件の中で生きんがために半ば意識的に、そして半ば無意識的に習性にしてしまう要素も少なくなさそうな気がする。少なくとも筆者はそのように自覚、さらには自戒もしているので、本書の直接の対象は金時鐘と彼の語りと現実ではあっても、実際には在日二世の一人としての筆者の自己批評もしくは自己批判の側面もある。だからこそ筆者に可能な範囲で全面的な検討を試みる必要があった。したがって、その結果は金時鐘の読者はもちろん、在日一般、さらにはマイノリティ一般の現実と内的世界に関心を持つ人、あるいはエスニックグループについて考えたいと思っている人々にとっても参考になるのではと、誇大妄想の誇りを覚悟しながら、期待している。

(3)〈自分・在日語り〉と詩との〈捻れ〉

ところが既に述べたように、本章の究極的な論点は、金時鐘のそうした〈自分・在日語り〉における数々の否定的側面にとどまらず、金時鐘が自らの活動の中心舞台とみなしている詩作品では、その否定的側面がどのような形で関与するのかという点、それを解くための補助線を提示することにある。詩作品では、〈自分・在日語り〉におけるそうした否定的な要素が、むしろ、肯定的なものに転化することも十分にありそうだからである。

その根拠の第一は、先にも触れたように、それぞれのジャンルが指向する対象が異なるという点にある。つまり、詩は必ずしも生活の具体的現実を指向しない。では何を指向しているかと言えば、何かのアイデア、喜怒哀楽の激しい沸騰、美的感動、或いは、自分にとりついた強迫観念、強迫的イメージのようなものである。

それらもまた当人にとっては現実の一端、それも生きるのに必須のものだろう。しかし、モノや時間に束縛された現実についての語りと、その現実によって触発されて生成する想念やイメージの言語化であるフィクションとしての詩の間には、時として大きな違いが生じる。ベクトルが反対と言ってもいいだろう。モノやコト、時間などに〈拘束〉されるベクトルと、それらの〈拘束から解放される〉ベクトル。

先にも触れたように、このあたりの論理展開については、まだ十分に整理ができていないのだが、そうした指向対象の断絶あるいは大きな差異を、書き手は相当に意識して詩を書く。フィクションとしての散文でもそのような側面が多々あるだろう。要するに、詩はいわゆる現実一般を描くわけではないから、現実の直接的な拘束からは自由である。世俗的な自己合理化の必要などもありえない。筆者が言うところの、金時鐘の偏執的な、或いは、ほとんど生来的な語りの話法のある側面が、むしろ、その指向対象であるアイデアやイメージの強度を高めるための手持ち資産として活用されうる。

金時鐘の詩句の中でもよく引用される詩句に「自分のいるところが道だ」といった類のものがあり、誰か先人の詩行の借用もしくは言い換えの疑いもなくはないが、そのことも含めていかにも金時鐘らしいと筆者は思う。

もしそのような「詩句」が現実と地続きであることを前提とする語りに用いられたりすれば、筆者のような者は、またしても大人げない難癖をつけたくなるだろう。しかし、それを現実と直接に関係しない詩句として受け取りさえすれば、それは現実からの〈跳躍〉に他ならないのだから、解放感を覚えたり、励まされたり、感動したりもする。そんな際には、その詩句と現実との対照などに意を用いる必要などない。

詩の王国に属すると自任する詩人・金時鐘にとって、自分の詩の読者として想定しているのは、彼と同じく詩の王国に所属、或いはそれを希望する人たちであって、自己合理化など世俗的な配慮などはかなぐり捨てて、ひたすらその詩句、詩行の緊張度、相互の共鳴度、そしてコトバとその指向対象であるアイデアやイメージとの緊密度を高め、詩としての完成に努めた結果を提示すればよい。したがって、〈自分・在日語り〉で活用してきた手持ち資産である語句や技法のうちで、世俗的配慮や語られた内容の事実性などに関わる猥雑な部分などはそぎ落とし、いわば純化することによって、多様で純粋な意味作用を引き起こす部分が際立つことになる。そして読者はそれに感応することで、心身を活性化されて愉悦を覚えたりもする。

詩人の根源性、全能性を主張し、自分こそはその詩人なのだから、「自分のいるところが道だ」のようないわば始原の光としての自己、これこそはまさに金時鐘の思考の中核であり、それは詩においても〈自分・在日語り〉においても変わりはない。ところが、それが〈自分・在日語り〉では自己合理化のあまり虚像に堕しかねないのに対し、詩ではそうした生身の生き物である金時鐘の「現実」に毒されることなく、言葉、そしてアイデアやイメージなどが屹立する。

(4) 〈捻れ〉が絡んだ〈自分・在日語り〉と詩的世界の関係

その〈捻れ〉こそが、金時鐘の詩句と散文による語りとの間に介在するということを念頭におきさえすれば、金時鐘の詩句を、その金時鐘自身の〈自解〉に則って解釈するような愚は慎まざるをえないだろう。詩人の解釈にならってその当人の詩を解釈するとしたら、読者の自由は奪われる。

詩を体験したければ、そんなことは極力、避けるべきだろう。詩の読者として詩人自身からも解き放たれた〈詩句〉に対面すべきである。自己合理化から脱しきれない語りに束縛されて、その詩人の詩を解釈したりでもすれば、その詩を、さらには詩人を圧殺することになりかねない。例え、その詩の書き手である詩人の望みであったとしても、その詩人の自解に縛られてその詩を解釈するのは、詩や文学を愛好する人が取るべき道ではないだろう。詩人の自解は数ある解釈の一つの域を出ないものと見なすべきである。

他方、既に述べたことだが、金時鐘の〈自分・在日語り〉を理解するにあたっては現実、そしてその現実に関する様々な人々の報告や研究や議論などときちんと照合したうえで、その整合性、独自性、或いは、剽窃、改竄、誤認、嘘、歪曲といったことを丁寧に析出する努力が必須である。そのうえで、〈自分・在日語り〉の語り手であると同時に詩人でもある金時鐘の二面性を、いったんは切り離したうえで総合して描くように努めるべきだろう。

さらに言えば、金時鐘の言葉を通して在日を理解したり、在日を語ったりすべきではない。在日を語る際のあくまで材料の一つという限定を付して参照すべきである。逆に在日における金時鐘の位置についても、もっぱら彼の言葉に即して積み重ねられてきた「虚像」を解体したうえで、その位置を測定しなおす必要がある。少なくとも、「在日を生きる詩人・金時鐘」というキャッチフレーズがはらむ問題性を正確に見定めて、金時鐘を、在日を、そして一斉糾弾闘争を生きた人々のことを再考してみる必要がある。

金時鐘は「在日を生きる」などと巧みなキャッチコピーを創出したおかげで多くの読者やファンをキャッチしたのだろうが、それと同時に、彼自身がまるでそのキャッチコピーにキャッチされたような自縄自縛に陥っている。そのように、少なくとも筆者には見える。特に一斉糾弾にまつわる彼の〈自分・在日語り〉ではそれが相当に露呈していそうなのだが、彼のその他の自己像や在日像、在日文学像においても、それはあまり変わらない。

金時鐘をそうした牢獄から解放して、本来、あるべき位置に置きなおす。そうしてこそ、彼の在日論も新たな相貌で私たちの前に姿を現すだろう。その時に私たちは、彼の経験と語り、そして詩作品などの総体を、彼の様々な属性や思惑などの縛りから解き放たれたものとして、さらには私たちの共通の財産として活用するとともに、その責任も共同して負うことができるようになるかもしれない。

注

(1) 本書全体もそうであるが、とりわけ本章は以下の論文と書物、さらには著者との面談による情報などに全面的に依拠している。記して深い感謝の意を表したい。

・藤川正夫・藪田直子「近畿圏における経験―常勤講師の制度的矛盾が露呈する近畿の現場―」、『グローバル化時代における各国公立学校の外国籍教員任用の類型とその背景に関する研究成果報告書』科研費 JP15K04326、

研究代表者：広瀬義徳
・『兵庫在日外国人人権協会40年誌　民族差別と排外に抗して―在日韓国・朝鮮人差別撤廃運動 1975-2015―』二〇一五年

（2）この事件の呼称は立場によって異なる。例えば、当事者の一方である部落解放同盟などは「八鹿高校差別糾弾闘争」と呼んでいるが、本書ではとりあえず現時点で最も一般的な呼称と思われる「八鹿高校事件」或いは「八鹿事件」を用いている。

（3）高槻「むくげの会」三号（一九八〇年六月一〇日）の七～九頁には、尼崎工業高校から地方公務員になった二人の元在日生徒を招いての「四・二五国籍条項撤廃を考える会」という講演会についての、諸曠隆氏による報告が掲載されている。その報告は①黄光男氏の講演内容の部分的引用、次いでは②孫敏男氏の講演内容の部分的引用、そして、最後に③講演に関する諸氏のレジュメと、④その後の参加者による討議のまとめで構成されている。筆者がここで引用したのは、そのうちの②の一部であり、後に注（5）で引用するのは②と③の一部である。

（4）尼崎工高朝鮮文化研究部顧問団、「市役所を受けたのは、私一人のためではありません―尼崎工高の朝鮮人生徒と教師」、『朝鮮研究』一三四号、一九七四年度三月、特集：部落に住む朝鮮人の問題（下）

（5）前掲の注（3）参照。

（6）金時鐘「民族教育への私見（下）」、『朝鮮研究』通号一七二号、一九七七年

（7）第2章で既に詳論しているが、本章においても議論の流れから欠かすわけにはいかないので、敢えて本章に即した形で再論している。

（8）「植民地下での朝鮮人下っ端公務員」や地方公務員になった在日青年に対する、金時鐘には似つかわしくな

さそうな「下品な言葉遣い」については、実はもっと私的な理由も関与しているのかもしれない。例えば、彼自身がそうした「下っ端公務員」のようなものになるために師範学校に進学したことが関係していそうに思えてならないのである。

典型的な皇国臣民だった過去については、自己呵責を経ての解放といった劇的な物語に回収できたが、実はその延長上にあった師範学校への進学などは、そのような物語に回収できずに、心中の奥深くにそのまま残り、それとよく似た境遇の他者に向けて攻撃的な形で表現されたのではないかと言うのである。

師範学校は日本帝国主義の小・中等教育教員養成のための機関だった、つまり、帝国主義的教育の尖兵の養成機関ではあるが、いわゆるエリートとは言えず、下級とも言えず、いわば中級の教育官吏になるコースで、そこに入学した時点で既に官吏のような待遇を受けることができた。しかしその分だけ、旧制中学から旧制高校へと進む、自由主義的な雰囲気が少しは残っていた高等教育機関の学生たちからは、多少蔑まれたりもする権威主義的な教育官吏になるコースだった。

そんなコースに自ら（或いは、一人息子の平穏な人生を望んだ父の勧め、或いは、強制で）進学したことに関しては、金時鐘の一八番ともいえる劇的な自己呵責の物語に回収できないために、無意識の奥にその傷がそのまま残存し、他者、例えば、朝鮮で自分が見聞きしていた下級公務員、そしてその後裔のように金時鐘には映った在日の若者たちにその責任が転嫁され、その何の罪もない生徒たちこそを攻撃、懲罰の対象に仕立て上げて、内心の矛盾を解消するようになったのではないかと筆者は想像を逞しくするのである。但し、これについてはいまだ推測の域を出ないので、近い将来に綿密に論ずることを自らに課すという意味もこめて、ここに書き留めておく。

（9）『金時鐘の詩　もう一つの日本語』全記録　シンポジウム「言葉のある場所」、詩集『化石の夏』を読むため

に、もず工房、二〇〇〇年
(10) 玄善允『在日との対話』同時代社、二〇〇五年
(11) 野崎六助『魂と罪責　ひとつの在日朝鮮人文学論』インパクト出版会、二〇〇八年
(12) 丁章「〈在日〉の「原初のとき」を求めて」、『「在日」と50年代文化運動、幻の詩誌『ヂンダレ』、『カリオン』を読む』、ヂンダレ研究会、人文書院、二〇一〇年
(13) 方政雄「湊川高校の朝鮮語と金時鐘—金時鐘先生との出会い—」、『論潮』六号、二〇一四年
(14) 金時鐘・佐高信『「在日」を生きる—ある詩人の闘争史』対談集、集英社新書、二〇一八年

おわりに

なんとか刊行できそうで、心底、ほっとしている。

「はじめに」でも記したことだが、成り行きもあって急遽、刊行の話がまとまり、慌ただしく推敲と編集作業に取り組んだ。しかし、本当に出版にこぎつけることができるのか、半信半疑だった。

老化のせいもあって、喉の痛み、咳やくしゃみ、胃腸の変調、微熱などは日常茶飯事なのだが、ここ一年は「もしかしてコロナでは、それなら本書の完成、ましてや刊行なんて」などと、すっかり神経症状態だった。

しかも、本書の企画については、いろんな方が随分と心配してくださったことが、むしろ僕の不安を募らせた。

「そんな恐ろしいこと、大丈夫なんですか？」と心配そうな目付きで顔を覗きこまれているように思えることもあった。そしてその度に、自分が大それたことでも企んでいそうに思えてきて、本当にそんなことであるならば、実現なんてありえない、と不安が確信に変わっていきそうな始末だった。

しかも、推敲と校正の過程では、随所で思考や文の「甘さ」「粗さ」「軽さ」さらには「硬直」までもが大写しになってきて、こんな代物を刊行するのは罰当たりなのではと、ほかならぬ自分自身の怖気づいた呟きまでもが聞こえてきて、内外から挟撃されているような気分になった。

ところが、人間というものは面白いもので、そこまで落ち込むと、なけなしの反発心が頭をもたげ、居直りを促す。

馬鹿げた自己過信に基づいて高望みしている限り、何だって完成などおぼつかない。今の己の最善を尽くすしかない、と自分を励ました。しかも、自信のなさが言動に露呈するせいなのか、いろんな方が競うようにして励ましや助言の言葉を差し出してくださった。

今回はとりわけ、コロナ禍のせいで始まった週に一度のズーム飲み会のメンバーの皆さんに助けられた。毎回、酒の肴をいそいそと準備し、しゃべって飲んで、落ち込みがちな気持ちを立て直すことができた。

ほろ酔いに任せての愚痴にお付き合いいただくばかりか、率直で適切なアドバイスまで頂けた斎藤正樹さん（京都のウトロを守る会）、塚崎昌之さん（特に大阪の在日朝鮮人史研究）、高野昭雄さん（特に京都の在日朝鮮人史研究）、金稔万さん（ドキュメンタリー映画作家）、石川亮太さん（朝鮮近現代経済史研究）に、この場を借りて改めてお礼を申し上げたい。

そのほか、物議をかもしそうということもあって面倒な企画なのに、ためらいなく引き受けるばかりか、何かと配慮・助力してくださった同時代社の高井隆さん、編集に協力してくださった山本惠子さんにも、心からの感謝の気持ちをお伝えしたい。

つい先ごろ、七〇回目の誕生日を迎えた。当面は、物心がついて以来の宿痾である自転車操業的心理と生活から抜け出すことが第一の目標である。長年の憧れのスローライフを目指したい。そしてそのうちに、在日朝鮮人作家の金石範さん、そして今回の延長上で金時鐘さんについても、改めて本気で取り組む心持ちにでもなれば、これまでとは一味違ったものが書けるかもしれないと、持ち前の能天気は変わらない。そんな自分を笑いながら老後の毎日を楽しみたい。潔い引退など僕のような者にはあるはずもないのだが、今後はせめて二歩後退一歩前進を自分に言い聞かせながら、ぶらぶらと歩み続けたい。

西神戸の塩屋の海と山、そしてその片隅にある我が家の慎ましい庭に、目と心を癒されながら。

二〇二〇年一二月六日

玄善允

特別寄稿　開かれた討論のために

宇野田 尚哉

「それにしても幻想のバーゲンセールというべきか、あるいは至純なる精神主義というべきか」。これは、『季刊ちゃんそり』第八号（一九八一年一二月）が、特集「ちゃんそり風〈在日〉試論」の一環として編集委員座談会を掲載した際、話題が金時鐘の在日論に及んだ一節に付した見出しであるが、在日の論者によってこのような距離感で金時鐘が論じられることは稀であったと言ってよい。在日の論者による、金時鐘の詩作品やエッセイに共鳴する立場からの発言は少なくないが、一定の距離感をもって金時鐘を論じた発言は意外なほど少ないのである。敬して遠ざけられてきたというべきか、敬せられることもなくうちやられてきたというべきか。本書刊行の第一の意義は、『ちゃんそり』の編集委員とほぼ同じ世代の在日二世である著者によって、一定の距離感をもった金時鐘論がまとまったかたちで展開されているという点にある。しかし、著者の意図は、そのような欠を補うことにとどまるものではない。

一九六〇年代後半から七〇年代前半にかけて、在日一世の知識人たちの一群が、左派民族組織から押し出されるようにして、日本（語）の文壇・論壇に登場してきた。文学者では金達寿、金石範、金時鐘ら、歴史家では姜在彦、李進熙、朴慶植らである。これらの人々は、一九七五年の『季刊三千里』創刊に結集することになるから、『三千里』知識人と呼んでおくことができるかもしれない。一九八一年の金達寿・姜在彦・李進熙の訪韓を機に袂を分かつ人々が出てくるといった事情はあるにせよ、在日一世の左派知識人の主要な人々はすくなくとも当初はほぼここに網羅されていた。

『季刊三千里』には日本人の書き手からの寄稿も数多く掲載されているように、この在日一世の知識人たちは、日本の左派知識人たちと良好な関係を築いた。本書の著者が、とくに金時鐘を手がかりとしながら問題化しようとするのは、おそらくはこのあたりから始まる、在日の知識人と日本の知識人との関係のあり方である。本書の著者の見るかぎり、その関係は、うるわしい協力関係と捉えてすますことのできない、もたれあいの関係でもあった、ということになる。本来なされてしかるべきであった相互批判を欠いたままお互いがお互いを参照しあい自己を権威化しようとするような構造があったのではないか、というのが、本書の著者の論点ということになろう。本書でこの論点が全面的に展開されているわけではないが、個々の知識人のあり方というよりもむしろ、戦後日本の思想や運動、あるいはメディアのあり方への問題提起として、看過することはできない。

本書の主題である金時鐘にフォーカスしていうなら、著者の論点は、強力な自己言及を含む金時鐘の散文に論者がその自己言及を踏まえながら言及することで金時鐘の紡いだ物語が無限に拡大再生産されていくような円環をいったん断ち切る必要がある、という点に尽きるだろう（私としては、本書は、もっと乾いた筆致で、方法的にももっと厳密に、この論点に集中すべきだったのではないかと感じる。文面にあらわれた著者の過剰とも思える情動が本書の提起する論点の的確な理解を妨げることを危惧する)。

私自身は、金時鐘のテクストを、運動史の文脈に置きなおしながら読みなおしてきた。私がそのような外部的視点に立っていることを理解してくださっているからこそ、本書の著者は私にこの解説を依頼なさったのだと思う。ここで重要なのは、ある著者がみずからのテクストの歴史的文脈を語っているとしても、その語りはその著者のテクストの一部とみなすべきものであって、それを踏まえたとしてもそのテクストの歴史的文脈を踏まえたことにはならない、という、ある意味ではあたりまえの点である。ただ、金時鐘のような、深く運動と関わった人物のテクストについて論じる際には、この点はとりわけ重要となる。本書の著者が分析するのは、読者を一定の文脈にいざなう性格を持った金時鐘の散文の特質であり、批判するのは、苦もなくその文脈にいざなわれてい(っていると本書の著者には見え)る読者のあり方である。

ただ、ある書き手がエッセイを著す際に、みずからの知りえた範囲の事柄を自分を中心とした物語として構成し、その際に書くことと書かないことの取捨選択を行う、というのは、ある意味では当然のことであって、金時鐘のエッセイの場合、もともと〈在日〉という大きな物語が作動しているうえに、詩人の筆力も相俟って強力な物語になっているという事情はあるとしても、本書のように「嘘」とか「騙り」とかといった言葉で批判すべきものではないように私には思われる。エッセイは、フィクションではないとしても、ルポルタージュでも研究論文でもなく、事実と無関係でないことは明らかであるとしても、そこに文学的想像力が働いていることもまた自明の前提なのであって、問題はむしろ、金時鐘を読む側・論じる側のリテラシーの問題である、ということになるのではないだろうか。深く運動と関わった金時鐘のテクストを運動史的文脈を踏まえて読み解くことは容易ではないが、運動史的文脈を踏まえる作業を端折ってしまうと前述のような円環に陥ってしまう、という点が、読者が本書から読み取るべき最も重要な論点ではないだろうか。

本書は、第1章と第2・3章とで、性格を異にする。

第1章は、朝鮮戦争末期からその後にかけての大阪で金時鐘をリーダーとして発行された在日朝鮮人サークル詩誌『ヂンダレ』を分析の対象としている。同誌は、日本共産党の秘密党員として文化工作に従事していた金時鐘が、在日の青年を糾合してプロパガンダを行うという政治的目的のもと組織した詩誌であるが、次第に在日二世の青年たちが日本語で自己を主張するメディアへと成長していった。しかし、左派在日朝鮮人運動が日本共産党から組織的に分離し朝鮮民主主義人民共和国へ直結するかたちへと路線転換を遂げるなかで、祖国志向（朝鮮語）か在日重視（日本語）か、政治か文学か、という二重の対立軸で激しい軋轢を生じ、同誌は五〇年代末には潰えてしまうことになる。『ヂンダレ』について論じる場合、この軋轢（いわゆる『ヂンダレ』論争）に着目して在日文学成立の場面を捉えようとするのが普通なのであるが、本書の著者は、あえて政治の優位がはっきりしていた前期に着目し、そこで金時鐘が果たした役割を分析するとともに、そこに集った若者たちに関心を寄せている。

ところで、『ヂンダレ』は、第四号（一九五三年九月）の「主張」で、朝鮮民主主義人民共和国における詩人林和を含む国内派の粛清を支持し、林和の詩の「抹殺」をも主張している。この件についてきちんと論じてきていないという点で、本書では私自身も批判の対象になっているので、ここで一言しておくと、日本共産党の強い影響下にあった前期の『ヂンダレ』の「主張」欄に党の主張がそのまま掲載されているのは当然といえば当然のことであると考える。本書の文脈でむしろ重要なのは、金時鐘はこの件をどう捉えていたのかであるが、この点と関わっては、「人民抗争歌」（当時広く歌われた闘争歌。林和が歌詞を書いた。当時の在日に林和という名前が知られていたとしたらこの歌の作詞者としてであっただろう）という言葉を含む「第一回卒業生の皆さんえ」（『ヂンダレ』第二号、一九五三年二月）という作品が、一九五五年刊行の第一詩集『地平線』にそのまま収録されているという点が重要である。済州島において南朝鮮労働党の末端党員であった金時鐘が、共和国における国内派（南朝鮮労働党系）の粛清をどのように捉えていたかというのは、それ自体が大きな問題であるが、『地平線』を読めば、詩人金時鐘が林和の詩の「抹殺」を許さなかったことは確認できるのである。

第2・3章は、一斉糾弾闘争の文脈を踏まえて金時鐘のエッセイを読みなおそうとする試みである。「一斉糾弾闘争」とは、「一九六〇年代末から一九七〇年代前半にかけて、兵庫県下の湊川高校、尼崎工業高校、神戸商業高校などで部落出身者・在日朝鮮人らが中心となって展開した差別を糾弾する闘いを言う」（『在日コリアン辞典』、明石書店、二〇一〇年、飛田雄一執筆項目）。この闘争の特質の一つは、糾弾を受けた教師の一部が糾弾した生徒たちと真摯に向き合いともに差別の撤廃に取り組んでいった点にあり、一九七〇年代の前半にかけて大きな成果を挙げた。兵庫県立湊川高校に正規の科目として朝鮮語が設けられたのもこの闘いの成果の一つであり、金時鐘が一九七三年九月に同校に赴任することとなったのはこの科目の担当教員としてであった。しかし、一九七四年の八鹿高校事件を契機として運動が守勢に回らざるをえなくなると、路線の対立が生じてくることになる。そのとき焦点となったのは、進路保障闘争の一環としての国籍条項撤廃闘争（外国籍者の公務就任権を求める闘い）に対してどのような態度をとるかであった。すでに一九七四年には五人の外国籍地方公務員を送り出していたのであるが、一九七六年三月には運動の主流（福地幸造・西田秀秋らの兵庫解放教育研究会）は国籍条項撤廃闘争を凍結する方向に路線を転換することになる。このとき金時鐘が運動主流を支持する立場をとったことは、「民族教育への一私見」（一九七七年初出、『クレメンタインの歌』〔文和書房、一九八〇年〕収録、『「在日」のはざまで』〔立風書房、一九八六年〕再録）などから知られる通りであり、その結果このとき運動主流と袂を分かった人々とは潜在的に対立することとなった。

このとき袂を分かった人々の中心は、一九七五年結成の「民族差別と闘う兵庫連絡協議会」（兵庫民闘連）に結集していた人々である。その後兵庫民闘連は兵庫県在日外国人人権協会となって現在に至るまで活発に活動を続けており、仲原良二・藤川正夫編『民族差別と排外に抗して―在日韓国・朝鮮人差別撤廃運動　一九七五－二〇一五―』（兵庫在日外国人人権協会、二〇一五年）という総括文書も作成している。本書の第2・3章は、以上のような運動史の文脈を踏まえながら、路線転換の際に運動主流と袂を分かった側の視点（より端的に言ってしまうなら前記の総括文書の視点）から、金時鐘の解放教育・民族教育をめぐるエッセイを批判的に検討したものである。

　私が本書の第2・3章に関して不満に感じるのは、いま述べたような路線転換を経たのちの運動主流の動きが十分にフォローされていないように感じられる点である。当然のことながら、運動の主流は、国籍条項撤廃闘争を凍結したのちも、彼らなりの立場から、解放教育・民族教育の運動、そして就職差別反対の闘いを展開した。この時期には教育哲学者林竹二との関係が生まれることで、かなりの注目を集めてもいる（たとえば、全国解放教育研究会編『解放教育』第九一号、明治図書、一九七八年二月臨時増刊、特集「教育の再生をもとめて―林竹二の授業と兵庫解放研第四回大会」。この特集には金時鐘の発言も含まれている）。金時鐘は、湊川高校の朝鮮語教師としてこのような動きのなかにいたのであり、このような外在的条件のもとで彼なりに尽力をし、また周囲の日本人教師から頼られもしたのであった。このあたりの評価がおろそかになっているという点は、本書の大きな難点であろう。

　ところで、この時期には、運動への締めつけが強まることをも重要な背景として、運動の主流が分裂するという事態にたちいたることになる。青雲闘争（一九七八年）をきっかけとして、西田・林派と福地派に分裂していくことになるのである。この対立が傍目にも明らかとなったのは、福地派の雑誌『むらぎも』の第一〇号（一九八〇年八月）で特集「西田秀秋、林竹二批判」が組まれた時点ではなかったかと思われるが、同誌の次号（第一一号、一九八〇年一二月）で特集「在日朝鮮人教育」が組まれた際には、金時鐘が序詩を寄せている。湊川高校で西田と職場を同じくしている金時鐘にとっては気を遣う寄稿だったであろうが、あえてこのような寄稿を引き受けることで朝鮮人教師としての自分が分裂・対立する日本人グループのどちらかを支持していると受け取られることを回避しようとしていたのではないかとも思われる。ただしこのあたりの詳細については、資料の発掘と運動史的文脈の解明が進まないと、十全な議論は展開しにくい。

一斉糾弾闘争とその後の展開およびそのなかで金時鐘が占めていた位置についてはいまだ十分に明らかにされているとは言い難いし、この運動史的文脈を踏まえたからといって金時鐘の解放教育・民族教員をめぐるエッセイについての解釈が一元的に定まるというものでもない。そもそもこの文脈と関係づけて読むことのできる金時鐘のエッセイは全体のごく一部—重要な一部であることは間違いないが—に留まる。本書第2・3章は、一斉糾弾闘争論という面でも、金時鐘論という面でも、新たな議論の空間を開いたところに最も大きな貢献があるのであって、幅広い合意を得られるような結論に至るにはまだ道は遠いと言うべきであろう。

率直に言って、本書、とりわけその第2・3章については、私ならまったく異なる書き方をするだろうと感じるし、その限りで、この推薦とも解説とも書評ともつかいない文章を書く役割を引き受けたのがよかったのかどうかと自問せざるをえない。にもかかわらず引き受けたのは、本書の第

2章にあたる原稿が不明朗な理由で活字化できない状態に陥っていると聞き及んだからである。私としては、私の寄稿によりその原稿が公開の検討に付されるならそのほうが望ましいと考え、引き受けることとした。本書の刊行が契機となって運動史の機微に触れるこの難しい問題についての議論が深まることを期待したい。

宇野田尚哉（うのだ・しょうや）
1967年鳥取県生まれ。大阪大学教授。『「サークルの時代」を読む―戦後文化運動研究への招待』（共編著、影書房、2016年）、『「在日」と50年代文化運動―幻の詩誌『ヂンダレ』『カリオン』を読む』（共編著、人文書院、2010年）など。

著者略歴

玄善允（ヒョン・ソニュン）

1950年大阪で生まれる。大阪大学文学部（仏文）を卒業。大坂経済法科大学アジア研究所客員教授。関西学院大学講師。主な著書に『「在日」の言葉』、『人生の同伴者』（以上、同時代社）など。韓国文学の翻訳に『戦争ごっこ』（玄吉彦著、岩波書店）、『島の反乱』（玄吉彦著）、『済州歴史紀行』（李映権著、以上、同時代社）などがある。

金時鐘は「在日」をどう語ったか

2021年4月15日　初版第1刷発行

著　者　玄善允
装　幀　クリエイティブ・コンセプト
発行者　川上　隆
発行所　同時代社
〒101-0065　東京都千代田区西神田2-7-6
電話 03(3261)3149　FAX 03(3261)3237
組　版　有限会社閏月社
印　刷　中央精版印刷株式会社

ISBN978-4-88683-891-9